Le Cercle d'Éloan

Tome 3
Le retour du captif

Carolyn Chouinard

Le Cercle d'Éloan

Tome 3
Le retour du captif

ÉDITIONS DE MORTAGNE

Catalogage avant publication de Bibliothèque et Archives nationales
du Québec et Bibliothèque et Archives Canada

Chouinard, Carolyn

Le cercle d'Éloan
Sommaire : t. 3. Le retour du captif.
Pour enfant de 8 ans et plus.

ISBN 978-2-89662-180-4 (v. 3)

I. Titre. II. Titre : Le retour du captif.

PS8605.H669C47 2010   jC843'.6   C2010-941021-1
PS9605.H669C47 2010

Édition
Les Éditions de Mortagne
C.P. 116
Boucherville (Québec) J4B 5E6

Tél. : 450 641-2387
Télec. : 450 655-6092
Courriel : info@editionsdemortagne.com

Dépôt légal
Bibliothèque et Archives Canada
Bibliothèque et Archives nationales du Québec
Bibliothèque Nationale de France
3e trimestre 2012

ISBN 978-2-89662-180-4

1 2 3 4 5 – 12 – 16 15 14 13 12

Imprimé au Canada

Nous reconnaissons l'aide financière du gouvernement du Canada par l'entremise
du Fonds du livre du Canada (FLC) et celle du gouvernement du Québec par l'entremise de la Société de développement des entreprises culturelles (SODEC) pour nos
activités d'édition. Gouvernement du Québec – Programme de crédit d'impôt pour
l'édition de livres –Gestion SODEC.

Membre de l'Association nationale des éditeurs de livres (ANEL)

*Je dédie cette série
à mes trois merveilleuses filles :
Lora, Amélie et Audréanne.*

Ce dernier tome est pour toi, Audréanne.

*Tu es un cadeau du ciel.
Tel un ange, tu illumines la vie
de tous ceux que tu côtoies.*

Je t'aime.

Sommaire

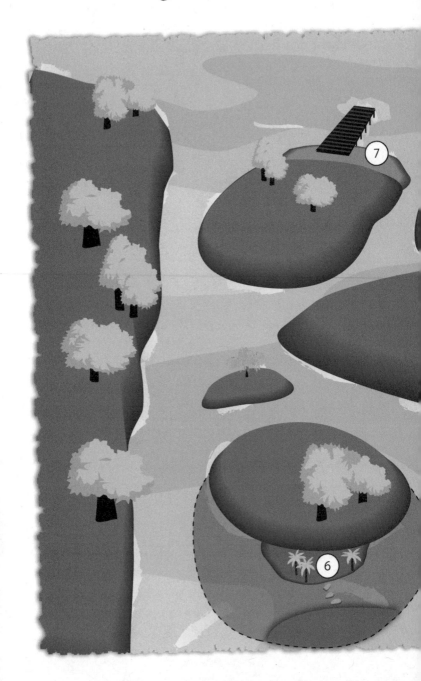

La carte des îles

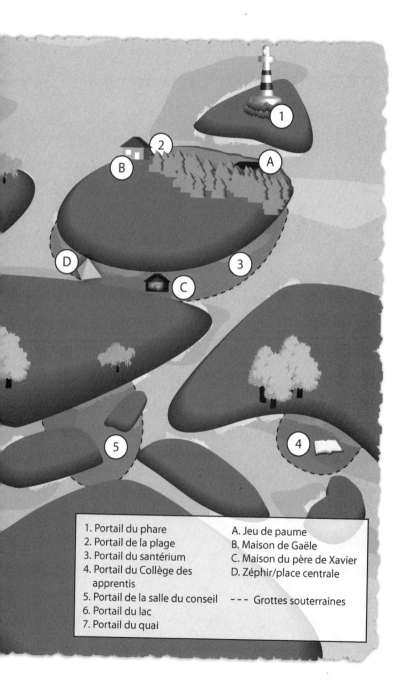

1. Portail du phare
2. Portail de la plage
3. Portail du santérium
4. Portail du Collège des apprentis
5. Portail de la salle du conseil
6. Portail du lac
7. Portail du quai

A. Jeu de paume
B. Maison de Gaële
C. Maison du père de Xavier
D. Zéphir/place centrale

--- Grottes souterraines

- 1 -

Sortilège rompu

Assis sur une pierre, Éloan observait le mur de la grotte en face de lui, où coulait un mince filet d'eau. Une succession d'images muettes y défilaient et, depuis le début du duel des apprentis, le vieil homme suivait avec intérêt la compétition.

Il observait la cité sur cet « écran » depuis près de cinquante ans maintenant, enfermé dans cette grotte. Éloan avait rapidement compris le fonctionnement du mur d'eau : il lui suffisait de penser à un endroit, à un événement précis ou à une personne pour le voir s'y matérialiser. Ces images virtuelles lui permettaient de suivre le quotidien des Éloaniens et lui donnaient l'impression d'être un peu moins seul. Sans cette distraction, il serait probablement mort d'ennui depuis belle lurette !

Le Cercle d'Éloan

Privé de son, Éloan avait appris à lire sur les lèvres. Aujourd'hui, il connaissait mieux que quiconque la majorité des habitants de la cité et pouvait dire avec précision les forces et les faiblesses de chacun. S'il réussissait un jour à s'évader, il savait sur qui il pourrait compter pour l'aider dans ses fonctions de grand sage.

Pour une énième fois ce jour-là, le vieil homme laissa ses souvenirs refaire surface… Il se revit, âgé de moins de vingt ans, lorsqu'il avait accepté d'aider des centaines de personnes à atteindre la cité de Kattenga. Ce faisant, il leur avait permis de se soustraire à un souverain qui exploitait et volait ses sujets sans vergogne. Ces gens étaient passés d'une vie de soumission et de misère à une vie sereine, où leur travail était apprécié et rémunéré à sa juste valeur. Tous admiraient Éloan et lui vouaient un immense respect. Ce dernier avait grand plaisir à partager ses connaissances avec eux et plus particulièrement avec ses nouveaux élèves, qu'il côtoyait quotidiennement au Collège des apprentis. Depuis qu'il leur enseignait, Éloan se sentait investi d'une mission. Enfin, sa vie avait un sens et le ménestrel n'avait plus envie de vivre en nomade. Il était de retour dans cette cité si chère à ses yeux et il comptait bien y rester pour de bon !

Pendant près de deux ans, il avait vécu dans le bonheur le plus complet, entre autres grâce à l'amour. Gaële, une de ses élèves, avait rapidement pris une place importante dans son cœur. L'enseignant avait dû se rendre à l'évidence : il était tombé amoureux d'elle ! Il avait hésité longtemps avant de lui faire part de ses sentiments, mais après plusieurs semaines de fréquentation, il s'était décidé et avait préparé un pique-nique sur la plage du lac.

Le vieil homme se souvenait encore de la façon dont Gaële était vêtue, même si cette rencontre romantique datait de plus de cinquante ans : elle portait une robe rouge dont le corsage lacé au dos affinait sa taille. Le voilage de ses longues manches laissait entrevoir sa peau d'ivoire.

Éloan lui avait offert un pendentif confectionné de ses mains. La pierre avait été prélevée dans le morceau d'améthyste qu'il portait en permanence au cou.

Ce souvenir fit sourire le vieil homme. C'était l'un des plus beaux jours de sa vie… Ses pensées dévièrent ensuite vers un autre moment mémorable, qui s'était déroulé quelques semaines avant ce pique-nique, en classe cette fois. Ce jour-là, il avait fait une découverte étonnante : il avait un frère jumeau ! Pendant un exercice pratique avec ses élèves, il avait constaté que l'empreinte énergétique de l'un d'eux, Goar, était identique à la sienne ! Aucun doute possible : seuls des jumeaux pouvaient avoir un champ d'énergie de la même couleur. Les deux hommes n'en savaient rien, puisqu'ils avaient été séparés à la naissance.

Goar et Éloan ne se ressemblaient pas et ils en avaient conclu qu'ils étaient des jumeaux non identiques. Goar était plus frêle que son frère et ses yeux étaient d'un brun très foncé, alors qu'Éloan possédait les yeux pâles de leur mère. L'air revêche et renfrogné de Goar contrastait avec la douceur des traits d'Éloan et l'expression de son visage, qui dégageait une grande bonté. Le charisme et la beauté du jeune professeur faisaient d'ailleurs l'envie de son frère. Était-ce cette jalousie qui avait poussé Goar à agir comme il l'avait fait ? Éloan ne le saurait probablement jamais ; il n'aurait pas cru cependant que son jumeau deviendrait sa plus grande menace…

Enfermé dans la grotte par Goar, Éloan, grâce au mur d'eau, avait pu voir son frère mener les recherches pour le retrouver. Pendant des semaines, les habitants de la cité avaient cherché le moindre indice qui aurait pu les aider à découvrir ce qui était arrivé à leur grand sage, mais le mystère resta entier. Pourtant Éloan était tout près d'eux ! Sans aucun moyen de leur faire sentir sa présence…

Goar avait très bien planifié son coup ! Depuis le début de sa captivité, Éloan s'était souvent reproché de ne pas avoir remarqué les intentions malveillantes de son frère. S'il avait décelé plus tôt la jalousie dans son regard, il aurait peut-être évité de se laisser berner aussi facilement… Inconscient du danger, il s'était téléporté ce jour-là dans une grotte pour venir en aide à un habitant de la cité, soi-disant gravement blessé. Il ne soupçonnait pas qu'un sortilège l'empêcherait de sortir de cet endroit de malheur.

Éloan avait tourné et retourné les raisons – autres que la jalousie – pour expliquer le comportement de Goar. Lorsque son jumeau fut nommé grand sage après avoir remporté le duel des apprentis, tout fut clair. La soif de pouvoir l'avait motivé à se débarrasser de son principal rival. Quelque temps après la disparition d'Éloan, Gaële devint l'assistante de Goar et, pendant plusieurs années, elle l'aida à enseigner aux jeunes apprentis de la cité. Le nouveau grand sage poussa même l'affront jusqu'à courtiser la jeune femme, tout en sachant très bien qu'Éloan assistait à la scène sur le mur d'eau. Heureusement, Gaële avait toujours repoussé les avances de Goar, léger baume sur la souffrance du vieil homme…

Tout cela s'était passé près de cinquante ans plus tôt et, même si Éloan tentait de garder le moral, l'espoir qu'on le retrouve était de plus en plus mince… Il espérait depuis si longtemps sentir à nouveau le vent sur son visage, les chauds rayons du soleil sur sa peau et regarder les vagues déferler sur la plage… Des plaisirs simples, mais qui lui manquaient terriblement.

Ces idées noires furent soudainement chassées par les images qui défilaient sous ses yeux. Depuis la veille, il suivait avec intérêt le déroulement du duel des apprentis, qui avait pour but de trouver un remplaçant à Goar. Dans la géode, la fillette rousse venait d'être emportée par le torrent de la rivière ! Éloan vit l'adolescente aux longs cheveux roux se précipiter au bord du cours d'eau et rattraper la fillette de justesse. Aussitôt qu'elles entrèrent en contact, un arc-en-ciel apparut, témoignant du puissant lien qui les unissait. Quel étrange phénomène ! Éloan avait déjà lu à ce sujet dans un manuscrit de sa bibliothèque personnelle du Collège des apprentis… Et sa mémoire ne le trompait jamais. Après quelques minutes de réflexion, il s'exclama :

– Ah ! Je me souviens ! Cela se produit lorsqu'il y a rencontre entre deux âmes jumelles !

Ces jeunes, arrivés dans la cité quelques jours auparavant… venaient donc d'une autre époque ! Éloan aurait tant voulu les rencontrer, leur parler, lui qui avait toujours rêvé de voyager dans le temps.

À en juger par la réaction d'étonnement de la foule, qui assistait au duel par le biais d'un morceau de pierre des anges, Éloan ne semblait pas le seul à ignorer le lien qui unissait les deux jeunes filles.

« Cela explique pourquoi cette adolescente aux longs cheveux bruns s'est rendue en finale du duel, malgré sa faible maîtrise de ses pouvoirs…, réfléchit-il. Elle a probablement eu l'aide de son âme jumelle ! »

Selon le livre qu'Éloan avait lu jadis, sept personnes devaient placer le pouvoir qu'elles maîtrisaient le mieux dans une même pierre, afin de créer un septin, artéfact indispensable aux voyages dans le temps. Qui étaient donc les six autres Éloaniens ayant participé à la venue des jeunes dans la cité ? Éloan eut rapidement la réponse à sa question : sur le mur d'eau, il vit Gaële, ainsi que cinq élèves à qui elle avait enseigné par le passé, avouer leur culpabilité sous la menace. À eux se joignait la jeune fille rousse dont l'âme jumelle avait failli se noyer quelques instants plus tôt.

Le vieil homme aurait dû s'en douter ! Il avait transmis d'importantes connaissances à Gaële. Il n'était donc pas surprenant qu'elle soit à la tête du groupe. Toutefois, elle agissait habituellement avec plus de prudence… Éloan ne comprenait pas ce qui avait pu les inciter à créer ce septin. Le prisme décuplait les pouvoirs… Pourtant, il avait la certitude que ce n'était pas ce qui avait motivé Gaële à s'en emparer… Si elle avait pris le risque de créer un artéfact aussi puissant – tout en sachant qu'il pouvait tomber entre des mains mal intentionnées –, il y avait sûrement une bonne raison… À moins que ce ne soit pas le septin lui-même qu'elle convoitait ? Créer cette pierre permettait également aux jeunes étrangers de voyager jusqu'à cette époque. Et juste au moment où avait lieu le duel des apprentis… ce n'était certainement pas une coïncidence ! Éloan était sur la bonne piste…

Soudain, le mur d'eau s'estompa pour ne laisser que quelques gouttes tomber du plafond. Jamais encore un tel phénomène ne s'était produit ! Se pouvait-il que le sort qui le retenait prisonnier ait été rompu ?! Sans perdre un instant, il tenta d'utiliser ses pouvoirs. Il en était privé depuis si longtemps…

Le vieil homme essaya de se téléporter à l'extérieur de la grotte, sans succès. La téléportation demandait une trop grande maîtrise.

Pour s'assurer que son prisonnier ne puisse pas s'enfuir si le sort devenait inactif, Goar avait condamné l'entrée de la grotte avec d'énormes roches. Seule une minuscule ouverture, à peine plus grosse qu'une noix de coco, était visible au bas des rochers. Toutefois, Éloan n'avait jamais réussi à agrandir la brèche. Mais s'il lui était désormais possible d'utiliser ses pouvoirs, peut-être y parviendrait-il ! En utilisant la télékinésie, il tenta de faire bouger les pierres qui bloquaient la sortie. Comme ce pouvoir était plus élémentaire, Éloan le maîtrisait encore plutôt bien. Ainsi, après quelques secondes de concentration, il fit léviter un rocher de plusieurs centimètres vers la gauche. L'homme en pleura presque de joie. Pourtant, il était loin d'être libre… Il devait encore déplacer une trentaine de pierres.

Il se mit dès lors au boulot avec acharnement, transportant des roches de plus en plus grosses à mesure que ses pouvoirs revenaient. Heureusement, le programme d'exercices qu'il exécutait chaque matin, sans exception, avait contribué à maintenir sa bonne forme physique.

Alors qu'il se retournait pour saisir une nouvelle pierre, son cœur fit un bond dans sa poitrine. Devant lui se trouvait l'adolescente aux longs cheveux bruns qu'il avait vue se rendre en finale du duel des apprentis, un peu plus tôt. Même s'il savait que ce n'était qu'une image holographique et qu'elle n'était pas réellement avec lui dans la grotte, Éloan essaya de communiquer avec la jeune fille.

– Je m'appelle Éloan et je suis prisonnier ! J'ai besoin d'aide ! Allez voir Gaële et dites-lui que vous m'avez vu ! Parlez-lui de ce collier ! implora-t-il en pointant l'améthyste suspendue à son cou.

La jeune fille voulut lui répondre. Étrangement aucun son ne sortait de sa bouche.

Quelques secondes plus tard, l'adolescente disparut sans prévenir. Avait-elle saisi l'appel à l'aide d'Éloan ? L'expression qu'il avait lue sur son visage lui permettait d'en douter…

Le vieux sage eut subitement une idée. En temps normal, il lui était impossible d'envoyer quoi que ce soit à l'extérieur de la grotte. Peut-être en serait-il autrement cette fois ? Après tout, il venait de récupérer ses pouvoirs et de voir quelqu'un se matérialiser devant lui ! De crainte que le sortilège redevienne actif, Éloan s'empressa de retirer son améthyste, se pencha vers l'ouverture qu'il commençait tout juste à dégager, puis il y glissa son collier. Grâce à la télékinésie, il poussa le bijou le plus loin possible.

Heureux que son stratagème ait fonctionné, Éloan n'avait plus qu'à espérer que quelqu'un trouve son améthyste et comprenne qu'il était prisonnier…

Le sortilège est inactif depuis un bon moment déjà… Est-ce que je devrais intervenir ? Non… Je suis certain que le grand sage sera de retour d'un moment à l'autre et que tout rentrera dans l'ordre, pensa l'ange déchu.

– 2 –

Évasion

Dissimulé dans le creux du cou de Mégan, derrière son épaisse chevelure rousse, Klept était passé inaperçu auprès des gardes. La fillette et le marmouset pygmée dormaient donc pelotonnés l'un contre l'autre, sur le vieux lit miteux du cachot. Les pauvres étaient exténués. Les événements de la dernière épreuve du duel étaient venus à bout de leurs forces. Même si Klept lui apportait un certain réconfort, la petite s'était endormie en larmes, demandant à voir sa maman, qui lui manquait beaucoup.

Quant à Mahaude, elle venait de s'assoupir, la tête appuyée sur l'épaule de Maxime. Elle se reprochait leur emprisonnement. Si elle n'avait pas touché son âme jumelle, elle et ses amis ne croupiraient pas au fond d'un cachot... Tous avaient tenté de la consoler, en lui rappelant qu'ils auraient agi de la même façon pour sauver la fillette, mais Mahaude s'en voulait terriblement. Maxime avait passé les deux dernières heures à discuter avec la jolie rousse. Blottie dans les bras du jeune homme, elle avait laissé libre cours à sa peine, puis s'était endormie, épuisée. Maxime éprouvait des sentiments de plus en plus forts pour Mahaude et, s'ils n'avaient pas été enfermés dans cet endroit sordide, il aurait aimé que ce moment dure une éternité.

Assise sur le sol poussiéreux, Imaëlle veillait sur Mégan, dont elle se sentait responsable. Un frisson la parcourut à l'idée que la fillette avait frôlé la mort quelques heures auparavant. Et si Demian n'avait pas été là pour la réanimer, serait-elle encore de ce monde ? À quoi pensait donc Sylvius en brisant les glaces de la rivière ? Il fallait être ignoble pour mettre la vie d'une enfant de six ans en danger afin de remporter un duel ! La fureur ne quittait plus Imaëlle. Elle était incapable d'oublier l'air satisfait de son rival lorsqu'il avait constaté que la petite ne respirait plus. Il avait vraiment un cœur de pierre !

L'adolescente et ses amis occupaient la même cellule qu'à leur arrivée dans la cité, trois jours plus tôt. Importunée par l'odeur de moisissure de l'horrible cachot, Zelma maintenait la manche de sa robe sous son nez, tout en scrutant nerveusement le sol à la recherche de bestioles. William se tenait derrière elle et lui massait les épaules afin de lui changer les idées. Quant à Thomas et à Demian, ils discutaient à voix basse près de la porte, cherchant un moyen de sortir de cet endroit. Sans l'avouer aux deux garçons, Imaëlle doutait qu'ils puissent retourner un jour à leur époque… Pour éviter d'y penser, elle alla les rejoindre.

Ressentant son inquiétude, Demian lui prit la main pour la rassurer et lui sourit. La peau basanée du jeune homme faisait ressortir la blancheur de sa dentition parfaite. Il avait un sourire si charmant qu'Imaëlle sentit le rouge lui monter aux joues. Pour éviter qu'il ne le remarque, elle jeta un coup d'œil par le judas et suivit du regard le va-et-vient des gardes. Soudain, ces derniers semblèrent s'agiter. Imaëlle tendit l'oreille, mais les sentinelles étaient trop loin pour que l'adolescente puisse saisir leur conversation.

– *Qu'est-ce qui se passe ? Tu entends ce qu'ils se disent ?* demanda Imaëlle à Gaële, qui se trouvait quelques cellules plus loin, en compagnie de Xavier, de Matis, de Demitri, de Wyllem et d'Azalée.

Même s'il était normalement impossible de communiquer par télépathie dans les cachots, Imaëlle s'était rendu compte que les âmes jumelles faisaient exception. Par chance, elle maîtrisait de mieux en mieux ses pouvoirs depuis qu'elle était arrivée dans la cité et il en était de même pour ses amis.

Gaële l'informa qu'il semblait y avoir un problème avec le nouveau grand sage.

– Pouah ! Sylvius vient à peine d'être nommé ! s'esclaffa Zelma après qu'Imaëlle eut répété l'information obtenue. J'ai toujours dit que tu aurais été un bien meilleur grand sage que lui, Ima !

– Qu'est-ce que mon frère a encore fait ? voulut savoir Mahaude, que les éclats de rire de Zelma avaient réveillée.

– Il semblerait que Sylvius ait perdu son titre ! s'étonna Imaëlle.

– Quoi ?!? s'exclamèrent en chœur Thomas, Maxime et William.

– Cela fait donc de toi la gagnante du duel ! conclut Demian.

– *Cool !!* fit Zelma en applaudissant.

– Vous n'y êtes pas du tout ! rétorqua Imaëlle. Goar est de retour…

– Goar ? L'ancien grand sage ? s'étonna son jumeau.

– Celui qui a quitté la cité après avoir prédit un cataclysme qui ne s'est jamais produit ? renchérit William.

Imaëlle acquiesça d'un signe de tête.

– Les gardes prétendent que Goar serait arrivé tout juste après qu'on nous a conduits ici.

– J'aurais tellement aimé voir la tête de Sylvius ! pouffa Zelma.

– Goar a le droit de reprendre son poste, même si un autre grand sage vient d'être nommé ? demanda Thomas.

— Rappelle-toi, Gaële nous a déjà informés que l'ancien grand sage a toujours préséance sur le nouveau, lui rappela Demian.

— Goar a prévu faire un discours par voie télépathique demain, lorsque le soleil sera à son zénith, les informa Imaëlle.

— Peut-être annulera-t-il la décision de Sylvius en ce qui nous concerne et que nous retrouverons notre liberté ! espéra William.

— Selon Gaële, ce serait étonnant. Goar n'est pas du genre clément. Nous ferions mieux de ne compter que sur nous pour nous échapper.

— Et comment comptes-tu sortir d'ici ? lui demanda Maxime.

— Gaële ne m'a pas donné tous les détails. Tout ce que je sais, c'est qu'elle va nous aider et elle nous demande de nous tenir prêts à partir à tout moment.

Avec douceur, Imaëlle réveilla Mégan. La fillette n'avait aucune envie de sortir du sommeil, mais la promesse de quitter le cachot lui fit ouvrir grand les yeux.

– Meg, j'ai besoin de l'aide de Klept. Tu crois qu'il accepterait de nous aider ?

– C'est sûr ! Qu'est-ce qu'il doit faire ?

– Gaële aimerait qu'il vole le repas que le garde a laissé traîner dans le couloir.

– Aucun doute qu'il va y arriver facilement, laissa tomber Maxime. Klept est le roi des voleurs !

– Comment le vol d'un repas peut-il nous permettre de nous évader ? questionna William.

– Aucune idée…, lui avoua Imaëlle. Gaële ne m'a pas expliqué la suite du plan.

Après s'être assurée que les gardes se trouvaient encore à l'autre extrémité du couloir, Imaëlle approcha Klept du judas. L'animal était si petit qu'il n'avait aucun mal à passer entre les barreaux. Il tourna la tête vers Mégan, en attente de ses indications. La facilité avec laquelle la fillette communiquait avec le marmouset déconcertait ses amis. De toute évidence, leur lien n'était pas rompu par le puissant sortilège actif dans les cachots. Sur un simple signe de sa maîtresse, Klept bondit au sol. Il dénicha en quelques secondes le panier fait d'écorce de bouleau tressé où se trouvait le repas du garde. Il se faufila sous le couvercle et disparut entièrement à l'intérieur.

– Que fait-il ? demanda Maxime à sa sœur, qui suivait les faits et gestes du primate par le judas.

– Je crois qu'il mange !

– Il ne pourrait pas nous en rapporter un peu ? geignit Maxime, dont le ventre émettait d'horribles gargouillis.

– OH NON ! Les gardes reviennent par ici ! s'exclama Imaëlle.

Et Klept se trouvait toujours dans le panier !

– *Sors vite de là !* l'exhorta Mégan par télépathie.

Aussitôt, le marmouset sortit du panier puis se faufila dans le corridor.

– BOUGRES DE RATS ! hurla un des gardes, qui avait vu la bête et l'avait confondue avec un rongeur.

Évasion

Le garde ouvrit le couvercle et le referma violemment en maugréant. Klept avait grignoté tout son contenu. L'homme envoya valser le panier d'un coup de pied.

– On dirait que tu n'aimes pas ce que ta femme t'a préparé ! blagua son confrère en mordant dans un morceau de pain aux bananes.

– Tu partages ?

– Pas question !

– Alors couvre-moi le temps que j'aille chercher quelque chose à me mettre sous la dent...

Témoin de la scène, Gaële souriait. Tout se déroulait selon ses plans. Elle sentait que le garde était à moins d'un mètre d'elle, de l'autre côté de la porte de leur cellule.

« Ça devrait fonctionner à merveille... », se dit-elle.

Elle souffla à voix basse quelques mots par le judas de la porte :

— Détends-toi… Tu vas bientôt dormir d'un profond sommeil…

Xavier lui confirma que l'homme avait cessé de manger. Le regard fixe, il avait même laissé tomber son pain au sol. Comme Gaële l'espérait, il se révélait un bon candidat à l'hypnose.

— Maintenant, tu vas suivre mes directives…

Au bout d'un moment d'attente qui parut interminable à Imaëlle et à ses amis, des bruits de pas se firent entendre dans le couloir. Demian s'empressa de jeter un coup d'œil par le judas et il vit un garde se diriger vers leur cellule. Sans un mot, ce dernier déverrouilla la porte. Comme un automate, il entra et se dirigea droit vers le petit lit où il s'allongea et s'endormit aussitôt en ronflant.

Les huit jeunes le regardèrent, éberlués. Comment expliquer ce comportement étrange ?

— Ce n'est pas le moment d'attendre qu'il se réveille ! lança Zelma en s'élançant dans le corridor par la porte laissée ouverte.

En passant devant la cellule où étaient enfermés Gaële et les adultes, Imaëlle voulut les libérer ; son âme jumelle s'y opposa.

– Vous devez partir immédiatement ! L'autre garde reviendra d'une minute à l'autre. Je t'assure que nous sortirons d'ici bientôt, mais pour l'instant, c'est à toi de jouer !

Les jeunes s'éloignèrent en direction du portail 5 avec un pincement au cœur. Ils étaient libres. Cependant, leur âme jumelle devrait passer encore un moment dans cet horrible endroit.

Même si le duel des apprentis avait eu lieu dans la géode quelques heures plus tôt, rien ne semblait avoir été déplacé dans les appartements du grand sage. Cela faisait trois semaines que Goar n'y avait pas mis les pieds. En entrant, il remarqua toutefois quelques effets personnels appartenant à Sylvius. Goar se sentait trahi. Les Éloaniens n'avaient pas attendu très longtemps avant de nommer un nouveau grand sage ! Pourtant, son absence avait été courte ! À son arrivée, le vieil homme avait demandé quelques explications au conseiller en chef. Lorsque Goar lui avait reproché son empressement à déclencher le duel des apprentis, le conseiller avait prétendu que les habitants de la cité croyaient qu'il ne reviendrait jamais…

« Quelle bande d'abrutis ! » pensa Goar.

Il passa devant l'imposant foyer de pierre et pénétra dans la géode. L'endroit lui avait manqué. Le grand sage appréciait les discussions qu'il y partageait occasionnellement avec les anges. Il se promit de les consulter de nouveau bientôt, mais pour l'heure, il devait s'occuper d'une affaire urgente.

À peine quelques minutes auparavant, il avait récupéré le manuscrit de Kattenga des mains du jeunot de dix-sept ans qui avait remporté le duel des apprentis. Malgré les protestations de Sylvius qui criait à l'injustice, Goar était tout à fait en droit de reprendre son titre de grand sage.

Il s'empressa de déposer le volume sur la pierre prévue à cet effet. Un sourire malveillant se dessina sur son visage. L'ouvrage ancien était enfin de retour à l'endroit qu'il n'aurait jamais dû quitter…

Éloan était arrivé à dégager un espace suffisant pour parvenir à avancer de quelques mètres à quatre pattes. Ce n'était qu'une question de temps avant que le passage soit complètement dégagé, mais il restait encore plusieurs pierres à déplacer...

Au moment où il faisait léviter un gros rocher vers le fond de la grotte, ce dernier retomba subitement au sol. Les yeux bleu-vert de l'homme s'assombrirent et il se précipita vers le mur d'eau pour vérifier ses appréhensions. Celui-ci était de nouveau en fonction, signe que le sort était actif.

– Arrrrgh !!! s'exclama-t-il en donnant un coup de poing sur la paroi de la caverne.

Découragé, il s'assit sur une pierre et se prit la tête entre les mains. Réussirait-il un jour à s'échapper de cet endroit ?

– 3 –

La situation se complique

Après avoir fait de nombreux détours pour éviter d'être vus par les gardes qui surveillaient la cité, les huit jeunes arrivèrent enfin dans la rue obscure où se trouvait la maison abandonnée du père de Xavier. Ils avançaient dans une noirceur presque totale, n'ayant aucun mérald pour s'éclairer. Seule une faible lueur provenant de la place centrale leur permettait d'avancer.

– HAÏE ! geignit tout à coup Imaëlle.

L'adolescente n'avait pas aperçu un lampadaire éteint et elle s'était cogné le genou contre celui-ci.

– Ça va, Ima ? s'enquit aussitôt Demian. Tu t'es fait mal ?

Voyant que son amie boitait, le jeune homme plaça une main sur son genou. La douleur disparut instantanément.

— Merci ! fit-elle.

— Allons rejoindre les autres, lui dit Demian en lui tendant la main pour l'aider à se relever.

L'adolescente glissa sa main dans la sienne et, à sa plus grande joie, le jeune homme ne la lâcha pas jusqu'à ce qu'ils rejoignent leurs amis.

— La porte est verrouillée et les fenêtres sont trop hautes pour qu'on puisse les atteindre, constata William. Comment allons-nous faire pour entrer ?

— Des âmes jumelles possèdent une énergie identique, non ? observa Zelma. Si Xavier arrivait à ouvrir la porte, je crois que Max serait capable d'activer lui aussi le mécanisme de déverrouillage.

Maxime plaça sa main sur la poignée et, au bout de quelques secondes, un bruit sec se fit entendre lorsque la tige de bois glissa hors de la gâche.

– Que fait-on ici ? demanda Mégan d'une voix craintive en pénétrant dans la maison.

– Cet endroit n'est connu que du Cercle d'Éloan, nous y serons donc en sécurité le temps de s'organiser et de planifier nos déplacements, l'informa Imaëlle.

– Et personne ne risque de nous entendre ou de sentir notre énergie, puisque la pièce secrète est protégée par un sortilège, ajouta Zelma.

– Et Klept ? Est-ce qu'il pourra me retrouver ? s'inquiéta Mégan.

– Je ne crois pas, mais ne t'en fais pas. Je suis certaine qu'il est bien à l'abri, dans un arbre près du lac, la rassura l'adolescente aux mèches mauves.

Depuis que Mégan était arrivée dans la cité, le marmouset pygmée et elle étaient devenus insé-parables. Le singe lui changeait les idées lors-qu'elle s'ennuyait de sa mère. Pour repérer facilement son nouvel ami parmi les autres marmousets du lac, Mégan lui avait enfilé le chandail jaune de sa poupée Clémentine.

En entrant dans la pièce secrète, Maxime se dirigea à tâtons et repéra la boîte à gemmes qui se trouvait en permanence sur la table circulaire. Il en sortit deux méralds qu'il déposa sur les supports fixés au mur. C'était suffisant pour obtenir un éclairage tamisé.

Thomas s'avança vers la grande table circulaire et s'arrêta net.

— Le septin ne devrait-il pas se trouver là ? demanda-t-il en pointant le socle de bois finement sculpté, au centre de la table.

— Quelqu'un a volé notre seul moyen de retourner dans le futur ! s'alarma Zelma.

— Qui aurait intérêt à nous dérober le septin ? s'enquit Thomas.

— Est-ce que Sylvius connaît l'existence de cette pièce ? demanda Imaëlle à Mahaude.

— Pas que je sache.

— Une chose est sûre, reprit Maxime, nous savons tous que ce septin peut donner un pouvoir immense à celui qui le possède… Pas surprenant qu'il soit convoité.

– Si l'on veut rentrer chez nous, on a intérêt à trouver le voleur au plus vite…, laissa tomber Zelma avec sérieux. Il n'est pas question que je reste coincée à une époque où le brillant à lèvres n'est pas encore inventé !

Maxime leva les yeux au ciel.

C'était du Zelma tout craché… Dans les pires moments, il n'y avait qu'elle pour s'en faire avec des futilités de filles, du genre : « Zut ! Je viens de me casser un ongle ! Vous n'auriez pas vu une lime quelque part ? »

Ou encore : « La couleur de ces murs ne va pas du tout avec mon teint… »

Coquette un jour, coquette toujours…, soupira le jeune homme mentalement.

– Mais… étant donné que les quentins qui forment le septin ont quitté les portails, ils ne sont plus sous la protection divine, souleva Thomas.

— Ce qui veut dire que n'importe qui pourrait détruire le prisme ! s'alarma William.

Zelma blêmissait à vue d'œil.

— Je ne crois pas que la personne qui s'est emparée du prisme ait l'intention de le détruire, observa Mahaude. Il y a beaucoup plus de chances qu'elle veuille le garder pour accroître ses pouvoirs.

Un silence lourd d'inquiétudes s'abattit sur le groupe.

— Ce n'est pas en restant cachés ici que nous améliorerons notre sort, observa Maxime pour briser l'inertie générale. Nous devons régler un problème à la fois. N'oubliez pas que tant que le corridor de lumière ne sera pas réparé, septin ou pas, nous sommes coincés ici.

— Tu as raison, renchérit sa jumelle. Et puis Gaële ne nous a pas aidés à nous échapper pour qu'on reste les bras croisés.

— Alors, quelle est la suite du plan ? demanda Demian.

– Gaële m'a affirmé qu'on doit retrouver Éloan. Elle croit qu'il est le seul à pouvoir rétablir le corridor de lumière.

– Elle veut qu'on retrouve un homme porté disparu depuis près de cinquante ans et que toute la cité a cherché pendant des années sans mettre la main sur le moindre indice ? Rien de plus facile, voyons ! fit son jumeau avec ironie. Je crois qu'on aurait mieux fait de rester aux cachots.

– Cet homme est peut-être mort depuis des années, souleva William. Qu'est-ce qui fait croire à Gaële qu…

– Éloan n'est pas mort, le coupa Imaëlle sur un ton assuré. Je l'ai vu hier…

– Mais on ne t'a pas quittée d'une semelle ! protesta Zelma. Comment…

– Sur l'estrade. Lorsque j'ai pris le manuscrit de Kattenga pour le remettre à Sylvius, j'ai eu une vision…

– Et tu n'as pas eu envie de nous raconter ça AVANT ?!? la réprimanda sa meilleure amie.

– J'ai vu qu'Éloan était prisonnier d'une grotte, poursuivit Imaëlle en ignorant la remarque. De toute évidence, il ne peut pas utiliser ses pouvoirs pour s'échapper.

– Tu es certaine qu'il s'agissait bien de lui ? l'interrogea Demian. Tu ne l'as jamais vu, pourtant…

– Gaële, qui a également assisté à ma vision, me l'a confirmé. Le collier qu'il portait au cou en est la preuve et personne d'autre dans toute la cité n'a des yeux de cette couleur ; un bleu-vert semblable à la couleur de l'océan près des îles Turquoises.

– Et où se trouve cette grotte ? s'enquit Thomas.

– Je n'en ai aucune idée…, avoua, Imaëlle. Dans ma vision, je pouvais voir Éloan, mais il m'était impossible de l'entendre ou de lui poser des questions.

– Alors comment comptes-tu le retrouver ? On ne va tout de même pas afficher des avis de recherche « Avez-vous vu cette grotte ? » sur tous les portails du coin ! répliqua son jumeau.

– Puisque j'ai eu cette vision alors que le manuscrit de Kattenga était en ma possession et que la communication a été rompue au moment où Sylvius m'arrachait le livre des mains, Gaële croit qu'il y a un lien entre les deux. Elle aimerait que je tente à nouveau l'expérience. Et, cette fois, j'ai bien l'intention de découvrir où Éloan est enfermé. Si on le retrouve, il pourra redevenir grand sage – puisqu'il l'était avant Goar – et réparer le couloir de lumière. Cela lui donnera aussi l'autorité de libérer nos amis des cachots.

– Une chose est certaine, si les gardes ont déjà donné l'alerte, nous sommes maintenant considérés comme des fugitifs à travers toute la cité. Nos déplacements devront être soigneusement planifiés, nota Demian.

Puisque le jour se levait dans quelques heures, les jeunes décidèrent de passer à l'action la nuit suivante. D'ici là, un peu de repos serait le bienvenu...

Alors qu'il revenait aux cachots avec son repas, quelle ne fut pas la surprise du gardien de trouver son confrère profondément endormi dans la cellule des jeunes prisonniers, qui s'étaient volatilisés !

– NON MAIS, QUEL CRÉTIN !!! tonna-t-il en lui donnant un coup de pied pour le réveiller.

Ce dernier émit un ronflement et se tourna vers le mur du fond.

– HÉ, VIEILLE NOIX ! Ce n'est pas le temps de faire un roupillon !! Ton petit somme va nous coûter cher…

Le garde saisit son casque de fer et donna plusieurs coups sur les montants du lit, ce qui provoqua un bruit d'enfer. Le vacarme fut si assourdissant que son confrère tomba en bas de la couche, apeuré.

Pendant que son collègue lui énumérait avec rage les sanctions que le grand sage ne manquerait pas de leur coller, le gardien pris en défaut reprit enfin ses esprits. Mais comment avait-il abouti dans cette cellule ?!

La situation se complique

Alerté par le vacarme que faisait le garde, Xavier s'approcha du judas.

– Gaële, tu crois que nos jeunes amis ont eu le temps de se mettre à l'abri ? demanda-t-il.

– Ne t'en fais pas pour eux. Je suis certaine qu'ils sont en sécurité. Par contre, dès qu'ils décideront de passer à l'action, la situation risque de se corser. S'introduire incognito au Collège des apprentis ET dans l'aile du grand sage représente un défi de taille…

Si mes confrères célestes ne s'en étaient pas mêlés, le cataclysme aurait eu lieu comme prévu et le Zéphir serait à tout jamais inutilisable ! Heureusement, j'ai eu le temps de lui lancer un sortilège avant de me voir dénudé de tout pouvoir… Comme je l'avais prévu, le corridor de lumière finira par s'éteindre ! Je suis un génie !

– 4 –

La mélisse dorée

Klept s'amusait à se faufiler dans les crevasses des murs de la grotte où se trouvait le lac souterrain lorsqu'il aperçut une magnifique pierre mauve dans la végétation. Il saisit le bijou dans sa gueule puis se dirigea vers son arbre creux favori, celui dans lequel il entassait quelques-unes de ses trouvailles, aussi hétéroclites les unes que les autres : ustensiles, boucles de ceinture, bouts de tissus… Toutefois, la bête changea d'idée au dernier moment et rebroussa chemin, préférant remettre sa précieuse découverte à son ami…

Les branches des arbres me fouettent le visage alors que je cours à vive allure dans la forêt. Derrière moi, Mahaude est à bout de souffle. J'ai l'impression

que l'homme nous poursuit depuis une éternité. Pendant un bref instant, nous croyons l'avoir semé, mais je suis persuadée que ce n'est qu'une question de secondes avant qu'il nous rattrape. Ne sachant plus très bien quelle direction prendre, je laisse mon instinct me guider. Soudain, je freine mon élan juste à temps : un précipice s'ouvre devant moi.

– Ima ! Nous sommes prises au piège ! s'écrie Mahaude, morte de peur.

En observant les alentours, je repère un vieux pont de corde qui traverse le ravin qui se situe plusieurs centaines de mètres plus bas. De nombreuses planches de bois sont manquantes et le cordage est rompu par endroits. Comme nous sommes pressées par le temps, j'encourage Mahaude à m'y suivre, malgré l'état de décrépitude du pont. Elle passe devant moi et avance prudemment. Les craquements n'ont rien de rassurant. Nous avons presque atteint la moitié du pont lorsqu'une planche cède sous le poids de mon amie. Elle s'accroche au cordage pour éviter de tomber. Son corps se balance dangereusement dans le vide. Je veux lui venir en aide, mais une main agrippe mon bras et me tire vers l'arrière.

Le regard de mon amie me supplie de l'aider. Je tente de me dégager, mais c'est impossible, on me tient *fermement. Les doigts de Mahaude relâchent peu à peu leur prise. Je sais qu'elle ne résistera plus très longtemps...*

Impuissante, je crie de toutes mes forces :

– NOOOOOOOOOOON !!!!!!!!!!!!!!!!

La tête déposée sur ses avant-bras, Demian s'éveilla en sursaut au son d'un cri. À défaut d'avoir un bon lit moelleux, les jeunes s'étaient assoupis autour de la table de la pièce secrète. Imaëlle était endormie à ses côtés. Avait-elle crié dans son sommeil ? Les yeux agités de son amie, sous ses paupières closes, montraient qu'elle était en plein cauchemar.

– Ima ! Réveille-toi ! chuchota-t-il pour éviter de réveiller leurs amis. Ce n'était qu'un rêve...

– Mmmm... Je ne crois pas, fit la jeune fille, la voix encore enrouée de sommeil. Ça ressemblait aux rêves prémonitoires que j'ai faits par le passé. Dans ce genre de rêve, j'ai l'impression que mes sens sont plus aiguisés. Je peux entendre le craquement des branches d'arbres et voir certains détails qui m'échapperaient en temps normal. Je me souviens même des odeurs environnantes, comme celle du bois pourri qui flotte dans l'air. Je ne sais pas trop ce que ma vision signifie et si ce que j'ai vu se réalisera…

Imaëlle raconta son rêve à Demian dans les moindres détails.

— Heureusement, nous n'avons pas planifié la traversée d'un pont de corde aujourd'hui, conclut Demian en souriant.

— Il ne faut pas prendre ce rêve au pied de la lettre, car sa signification peut être bien différente. J'ai l'impression que notre poursuivant en voulait à Mahaude, se souvint Imaëlle. Je crois qu'elle court un grave danger… Tu penses que je devrais l'en avertir ?

— Tant que tu n'en sais pas plus, je crois qu'il est inutile de l'alarmer pour rien…

— Tu as raison…

Demian saisit sa montre, qu'il dissimulait dans la poche de son pantalon, et constata qu'il était presque midi. La nuit avait été plutôt courte pour les adolescents, puisqu'ils avaient fait des plans jusqu'aux petites heures du matin. Ils prévoyaient d'abord suivre les conseils de Gaële et écouter le discours de Goar, qui aurait lieu d'un moment à l'autre. Leurs compagnons semblaient si bien dormir que Demian et Imaëlle décidèrent de ne pas les réveiller. Étant donné que le sortilège entourant la pièce secrète les empêchait de recevoir les communications télépathiques diffusées à la population, les deux adolescents se rendirent dans le salon de la maison.

– Tu sais, je n'ai pas encore eu le temps de te remercier…, confia Imaëlle à Demian lorsqu'ils furent assis dans deux vieux fauteuils de cuir.

– À quel propos ?

– Pour ce que tu as fait il y a quelques jours, quand je me suis fait écraser sous ce gros rocher… et que tu m'as ramenée à la vie. Sans toi, je ne serais plus de ce monde.

– J'ai eu tellement peur de te perdre…, lui avoua Demian.

Au même moment, quelqu'un avisa la population que le grand sage était sur le point de commencer son discours. Déçue qu'ils n'aient pas le loisir de discuter plus longuement, Imaëlle promit à son ami de reprendre leur conversation plus tard.

Le Cercle d'Éloan

Quelques minutes avant de s'adresser aux Éloaniens, Goar s'assit dans son fauteuil favori pour réfléchir aux événements des dernières semaines. Le vieil homme n'arrivait pas à se réjouir que le raz-de-marée n'ait jamais eu lieu. Il avait prédit ce cataclysme et, comme il était grand sage, ses prédictions devaient être exactes ! Il tenait cette information d'un ange, Nathaniel, qu'il avait l'habitude de consulter dans la géode. Auparavant, jamais l'être céleste ne s'était trompé !

Quelques semaines plus tôt, lorsque les Éloaniens étaient retournés dans la cité malgré ses avertissements, Goar avait voulu revoir Nathaniel pour lui demander des explications. Mais c'est un certain Laudiah, un de ses confrères, qui s'était présenté devant lui dans la pierre des anges.

— Celui avec qui vous échangez ne pourra pas venir, l'avait informé l'être vaporeux.

— Nathaniel est toujours là habituellement, pourtant !

— Je dois vous informer que cet ange de protection a perdu ses pouvoirs…

– Vous voulez dire qu'il est déchu ? s'était étonné Goar.

– Effectivement. Vous devrez désormais faire appel à moi si vous avez des questions concernant l'avenir des humains.

– Hum… C'est ennuyeux ! J'espérais avoir quelques explications de sa part… À cause de lui, les Éloaniens doutent maintenant de mes capacités en tant que grand sage. Et pourquoi lui a-t-on retiré ses pouvoirs ?

– Les anges de protection se sont rendu compte que Nathaniel planifiait la disparition de votre cité…

– Quoi ?! Vous voulez dire que ce cataclysme n'était pas d'origine naturelle ? s'était emporté Goar. C'est LUI qui voulait nous anéantir ? Pourquoi m'avoir averti, alors ? Il savait que j'allais faire évacuer la ville et sauver les Éloaniens…

– Nathaniel n'avait rien contre les habitants de votre cité. Il était plutôt obsédé par l'idée de détruire le Zéphir pour empêcher les humains d'atteindre la cinquième dimension.

– Et vous avez pu l'en empêcher. Alors, je suppose que je devrais vous en être reconnaissant…

Le vieil homme avait soupiré. Il se sentait incapable d'éprouver de la gratitude. La honte l'accablait. Il avait conseillé aux Éloaniens de quitter la cité pour se mettre à l'abri… et tout ça, pour rien ! Un grand sage n'avait pas droit à l'erreur, sous peine de perdre la confiance et le respect des habitants de la cité. Un profond désir de vengeance s'était emparé de Goar.

– Et qu'advient-il des anges déchus ? s'était-il informé.

– Ils doivent payer le tribut suivant : redevenir mortel. Si ce n'est déjà fait, il se réincarnera d'ici peu sur Terre.

Sachant qu'aucune femme de la cité ne devait accoucher avant quelques semaines, Goar avait conclu qu'il ne trouverait pas Nathaniel dans les environs. Il avait donc quitté la cité sur un coup de tête, sans avertir qui que ce soit, en se jurant de retrouver le nouveau-né dans lequel l'ange déchu se serait réincarné et de l'éliminer.

Pendant trois semaines, Goar s'était téléporté d'un village à l'autre en cherchant la trace énergétique de l'ange déchu chez tous les nouveau-nés qu'il rencontrait, sans succès.

De retour dans la cité d'Éloan, il devait fournir des explications sur son départ. Toutefois, les Éloaniens ne devaient jamais en connaître la véritable raison…

Le soleil était à son zénith et Goar sortit de ses réflexions pour s'adresser à la population. Une voix grave se fit entendre dans leur esprit.

– Salutations à tous. D'abord, sachez que je suis extrêmement heureux d'être de retour parmi vous. Ensuite, je tiens à m'excuser de mon absence. Mon départ n'ayant pas été prémédité, je n'ai pu vous en avertir à l'avance. Vous savez que l'énergie du Zéphir est indispensable à notre peuple et que la vie dans les grottes n'est possible que si le pont de lumière est activé. Or, vous savez aussi que le corridor de lumière menace de s'éteindre depuis un bon moment déjà. J'ai dû partir précipitamment pour trouver une solution et je ferai tout pour remédier à ce problème de la plus haute importance. Le procès concernant nos visiteurs du futur et les Éloaniens qui les ont aidés à venir ici devra donc attendre. Je vous souhaite une bonne journée !

Plusieurs habitants de la cité tentèrent de lui poser mentalement des questions, cependant Goar avait déjà rompu la communication.

Imaëlle et Demian retournèrent dans la pièce secrète et constatèrent que leurs amis étaient tous réveillés.

– Où étiez-vous passés ? demanda Zelma. On allait partir à votre recherche…

– Nous étions seulement dans le salon, à côté, la rassura Imaëlle. Goar a fait son discours.

– Et il veut régler le problème d'énergie du Zéphir en priorité, poursuivit Demian.

– Et notre évasion ? s'enquit Maxime. Il en a fait mention ?

– Soit il n'est pas au courant, soit il n'a pas voulu que les Éloaniens l'apprennent. En tout cas, il n'en a pas été question, l'informa sa jumelle. Je suis bien contente qu'il soit occupé avec le corridor de lumière, car il nous sera plus facile d'avoir accès à ses appartements et de nous emparer du manuscrit de Kattenga… enfin, je l'espère.

Plusieurs heures plus tard, la nuit était tombée et les huit jeunes marchaient en silence vers la plage. Là-bas, ils utilisèrent le portail numéro 2 pour rejoindre le Collège des apprentis, après que William leur eut confirmé que Virgil n'était plus à son poste. Selon leur plan, ils avaient prévu se séparer : Maxime et William devaient se diriger vers la salle des victuailles, tandis que les autres iraient dans les serres pour y cueillir une plante bien précise.

Avant de suivre William, Maxime retint Mahaude un instant et, après un moment d'hésitation, lui donna un timide baiser.

– Sois prudente ! lui recommanda-t-il.

L'adolescente lui rendit son sourire, puis elle se laissa entraîner par Zelma un peu à contrecœur.

Les serres étant illuminées nuit et jour par différents cristaux – dont l'intensité lumineuse variait selon les besoins des plantes –, il fut aisé pour Mahaude de conduire ses amis vers le jardin d'ombre.

– À quoi ressemble la plante qu'on doit trouver ? s'enquit Zelma.

– La mélisse dorée possède des petites feuilles de forme ovale, les informa Mahaude.

– Quand on frotte la feuille entre nos doigts, elle sent le citron ! se souvint Mégan, qui avait déjà touché cette sorte de plante. Regarde ! La voilà !

Mahaude lui confirma qu'elle avait trouvé le bon spécimen. L'adolescente hésita un instant, puis elle en arracha quelques feuilles. Aussitôt, les koaks se mirent à hurler.

– KOAAAAKKK ! KOAAAAAKKKK !

– C'est pas vrai ! s'exclama Thomas. Ces oiseaux de malheur vont nous faire repérer !

– Chuuuut ! On se calme, mes petits amis à plumes ! somma Zelma en tentant d'imiter la voix de son âme jumelle.

« Après tout, pensait-elle, les koaks ne crient jamais en la présence d'Azalée. Peut-être qu'ils nous confondront… »

Comme elle l'espérait, les koaks cessèrent aussitôt de hurler. Heureusement, car le garde aurait eu tôt fait de débarquer !

– Tu crois que quelques feuilles de mélisse suffiront pour endormir Virgil profondément ? s'enquit Thomas, qui doutait de l'efficacité d'une si petite quantité sur un homme de cette corpulence.

– Si elle peut provoquer le sommeil d'une femme qui accouche, je crois qu'on obtiendra facilement de bons résultats avec notre gardien. Après tout, il n'a aucun mal à s'endormir par lui-même à son poste ! s'esclaffa Mahaude.

À cette heure tardive, il était peu probable que quelqu'un se trouve dans la salle des victuailles. Par précaution, Maxime et William jetèrent un coup d'œil par la porte avant d'y pénétrer.

– Heureusement que cet endroit n'est jamais fermé à clé, observa William.

Ils contournèrent plusieurs tables puis se dirigèrent dans les cuisines. William repéra du pain frais et, avec un couteau, il coupa quelques tranches. Pendant ce temps, Maxime cherchait l'endroit où la viande était conservée. Il souhaitait faire le meilleur sandwich possible.

– Oh, je crois que je cherche pour rien ! s'exclama-t-il tout à coup. Je ne suis pas certain que les Éloaniens mangent de la viande !

Depuis qu'il était dans la cité, pas un seul repas n'en avait été composé. Il dénicha alors d'énormes tomates en grappe sur une étagère. Celles-ci feraient l'affaire.

– Et voilà ! fit-il en les tendant à William. J'espère que Virgil va apprécier…

Ne sachant pas trop à quelle époque le sandwich avait été inventé, les garçons espéraient piquer la curiosité du gardien avec un mets hors de l'ordinaire.

Soudain, des chuchotements les alertèrent. Apparemment, ils n'étaient pas les seuls à vouloir préparer un en-cas !

William s'empara de la plaque de bois ronde sur laquelle se trouvait le sandwich, puis il entraîna son ami dans un coin sombre de la cuisine. Sylvius et Vince pénétrèrent alors dans la salle des victuailles. Les garçons retinrent leur souffle lorsque les apprentis passèrent tout près d'eux.

– Que comptes-tu faire, maintenant ? s'enquit Vince auprès de Sylvius en saisissant une tranche de pain sur le comptoir.

Maxime espérait que le pain et le couteau restés sur le plan de travail ne leur mettraient pas la puce à l'oreille !

– J'y réfléchis encore, répondit son compagnon. Être l'assistant de Goar ne m'enchante pas telle-ment ! C'est moi qui devrais me trouver dans l'aile du grand sage, à l'heure qu'il est ! Je ne peux pas croire qu'il soit revenu. « J'ai dû partir pour trouver une solution au couloir de lumière… » Bla bla bla ! Il n'y a pas un mot de vrai dans son histoire !

– Et comment tu le sais ? demanda Vince.

– Après avoir été élu grand sage, je me suis empressé de consulter les anges par l'entremise de la géode. J'en rêvais depuis tellement longtemps…

– Alors, raconte !

– J'ai discuté avec un certain Laudiah. Et, selon lui, Goar aurait quitté la cité à la recherche d'un ange déchu ! Quel sale menteur, pour un grand sage, n'est-ce pas ? Et je suis certain que ce n'est pas la seule chose qu'il cache à son peuple…, poursuivit l'adolescent. Il est arrivé depuis à peine quelques heures et il est déjà parti interroger les prisonniers. En pleine nuit ! Tu ne trouves pas ça étrange, toi ?

– Oui, un peu. Moi, pourvu qu'il tient ses promesses et répare le Zéphir…, rétorqua Vince. Son retour aura au moins ça de bon.

– Alors tu devrais peut-être lui demander d'être son assistant ! s'emporta Sylvius, furieux que son compagnon prenne la défense de Goar. Juger ceux que j'ai fait enfermer au cachot aurait dû être sa priorité. Maintenant, il est trop tard ! Certains d'entre eux ont réussi à s'échapper !

« Goar est donc au courant de notre évasion… », pensa Maxime.

– Il devait être vraiment furieux ! dit Vince. Est-ce qu'il est à leur recherche ?

– Pour l'instant, il semble que ce soit le moindre de ses soucis… Tout ce qu'il veut, c'est retrouver le septin qui a permis le voyage dans le temps. Selon lui, le prisme possède suffisamment de pouvoir pour réactiver le Zéphir. Mais si tu veux mon avis, Goar se fait vieux et je crois plutôt qu'il en a besoin pour accroître *ses* pouvoirs, qui commencent à lui faire défaut…

– Si tu réussis à capturer les fugitifs, je crois que tu pourrais impressionner les Éloaniens et surpasser Goar, émit Vince.

– J'y compte bien !

Les garçons sortirent de la salle des victuailles sans un regard en arrière, trop occupés à échafauder des plans.

Maxime et William désertèrent leur cachette.

Sans avertissement, Milo apparut alors devant eux, les faisant sursauter. Mahaude, Imaëlle,

Zelma, Demian, Thomas et Mégan arrivèrent presque au même moment dans les cuisines. Aucun d'eux ne semblait surpris de la présence du Myrc.

– Que fait-il ici ? demanda William.

– Milo nous a aidés à vous rejoindre sans nous faire prendre, expliqua Imaëlle. Heureusement que Mégan a eu l'idée de demander son aide, parce que nous serions arrivés nez à nez avec Sylvius et Vince ! Est-ce qu'ils vous ont surpris ?

– Non. Par contre, nous avons écouté leur discussion, lui apprit Maxime.

– Alors ? voulut savoir Zelma.

– Si j'ai bien compris, Goar s'est absenté à cause d'un ange déchu...

– Tu penses à Nathaniel ? l'interrogea sa jumelle.

– Des anges déchus, ça ne doit pas courir les rues...

– Que peuvent-ils bien avoir en commun ? réfléchit Thomas.

– Ce qui est évident, renchérit Maxime, c'est que le grand sage a sûrement utilisé la pierre des anges pour s'entretenir avec Nathaniel. Et, connaissant ce dernier, il ne devait pas parler de la pluie et du beau temps.

– Nous savons que Nathaniel veut empêcher les humains d'atteindre la cinquième dimension et, par le fait même, l'immortalité, fit remarquer sa jumelle. Sauf que personne ne sait où se trouve maintenant cet ange déchu. Est-ce possible qu'ils soient de connivence tous les deux et qu'ils aient mis au point un plan pour s'emparer du septin ?

– Si j'en crois Sylvius, Goar ne serait pas en possession du prisme, puisqu'il le cherche pour réactiver le Zéphir, les renseigna William. À moins qu'il ait menti…

– Hum… Tout ça est bien intéressant, mais je crois qu'on devrait remettre cette conversation à plus tard, reprit Maxime. Il ne faudrait pas perdre de vue la raison de notre présence ici. Bien malgré lui, Sylvius nous a informés que Goar est absent en ce moment, puisqu'il se trouve aux cachots.

Ima, tu as donc le champ libre pour aller fouiller dans ses appartements, mais avant, occupons-nous de Virgil. Milo, nous aurons encore besoin de ton aide…

Imaëlle prit le sandwich des mains de son jumeau et elle ajouta les minuscules feuilles de mélisse dorée à l'intérieur. Puis, sur un ton mi-sérieux mi-blagueur, elle déclara solennellement :

– Milo, ta mission, si tu l'acceptes, est de faire manger ce sandwich à Virgil.

Milo raffolait des plaisanteries. Il ne se fit donc pas prier pour participer.

– Qu'ont encore fait ces jeunes ? grogna Virgil en pénétrant dans la salle des victuailles après que Milo l'eut alerté.

– Ils se sont préparé un en-cas, l'informa le Myrc en pointant le sandwich sur le comptoir.

– Qu'est-ce que c'est ? s'étonna le gardien en regardant le mets d'un œil intéressé. Je n'ai jamais rien vu de tel…

– Je peux vous en débarrasser, si vous voulez, proposa innocemment Milo.

– Non ! Ça semble trop appétissant, avoua Virgil. Ne gaspillons pas.

Le gardien s'assit à une des tables et s'octroya une pause pour mordre dans le pain frais qui laissait échapper d'alléchants effluves citronnés.

Une quinzaine de minutes plus tard, le gardien prit conscience qu'il avait assez discuté avec Milo et qu'il devait retourner à son poste.

– La prochaine fois que la désobéissance des apprentis aura aussi bon goût, n'hésite pas à m'en informer ! lui dit-il avant d'émettre un long bâillement.

– Vous semblez bien fatigué, nota le Myrc. Vous devriez peut-être vous reposer un peu.

– Oui, j'ai la tête bien lourde tout à…

Il n'eut pas le temps de terminer sa phrase : sa tête heurta la table avec un bruit sec. Les huit amis sortirent alors de leur cachette et s'approchèrent prudemment du gardien qui ronflait bruyamment.

– Bon sang ! Combien de feuilles de mélisse dorée lui as-tu données pour qu'il tombe endormi aussi rapidement ? demanda Maxime à sa jumelle.

– Hum… je n'ai pas pris le temps de les compter ! Mais il n'y a pas un instant à perdre, on doit faire vite !

Imaëlle s'empara des clés attachées à la ceinture de Virgil.

– Milo, quelle est la clé donnant accès à l'aile du grand sage ?

– La plus ancienne, en bois, répondit le Myrc sans hésitation.

– Peux-tu vérifier que personne ne s'y trouve ? Je ne voudrais pas être surprise par Goar !

– Je peux te certifier qu'il n'y est pas.

– Parfait ! s'exclama Imaëlle. Alors, allons-y !

Le Zéphir n'aurait jamais dû être créé. Il est devenu beaucoup trop facile pour quiconque d'avoir accès à la cinquième dimension. Mes confrères partagent l'idée qu'il est possible pour les anges et les humains de cohabiter. À mon avis, il n'y a rien de plus faux...

– 5 –

Pris la main dans le sac

Dès son arrivée au cachot, Goar marcha d'un pas décidé vers la cellule des détenus, sans même un regard pour les deux gardes, qui affichaient un air coupable.

– Tiens, tiens ! Nous avons de la visite ! s'exclama Matis en voyant apparaître le grand sage à travers le judas.

Même si les membres du Cercle d'Éloan étaient soupçonnés d'avoir aidé les fugitifs à s'enfuir des cachots, rien ne permettait de les accuser formellement. Aucune sanction ne pouvait donc être ajoutée à leur dossier déjà bien garni.

– Alors, Goar, tu viens vérifier si les gardes nous traitent bien ? s'enquit Matis avec sarcasme.

— C'est gentil de t'inquiéter, renchérit Xavier sur le même ton. Je dois t'avouer que le service laisse à désirer… Premièrement, il n'y a qu'un seul lit dans cette cellule, alors que nous sommes six à la partager.

— Je n'ai que faire de vos récriminations…, maugréa le grand sage. Vous n'aurez qu'à dormir à tour de rôle.

— Deuxièmement, enchaîna Demitri sans tenir compte de la réponse de Goar, nous n'avons pas mangé depuis plus de vingt-quatre heures. Nous n'avons eu que de l'eau.

— Ça pourrait s'arranger…, fit Goar avec une expression énigmatique.

— Je me doutais bien que tu ne t'étais pas déplacé par simple courtoisie…, soupira Gaële du fond de la cellule. Qu'attends-tu de nous ?

Un simple regard à la femme qu'il avait aimée plus que tout faisait fondre les résolutions de Goar. Le vieil homme avait toujours de la difficulté à demeurer froid et distant en sa présence. Il avait compris depuis longtemps qu'il n'arriverait jamais à la cheville d'Éloan dans son cœur.

Pourquoi avait-il fallu que son jumeau s'intéresse à la même fille que lui, aussi ! Impossible de rivaliser avec Éloan-le-parfait !

La fureur l'étreignit aussitôt et le souvenir de la fête des récoltes le submergea de nouveau…

– J'ai une question… hum… à te poser…, avait-il dit à Gaële sur un ton hésitant, paralysé par la timidité.

Ce n'était pourtant pas dans ses habitudes de perdre confiance en lui, mais c'était la première fois qu'il invitait une jeune fille à sortir.

– J'aimerais t'inviter à la fête des récoltes, ce soir, sur la plage…

Depuis quelques semaines, il avait remarqué qu'Éloan multipliait les attentions à l'égard de Gaële, mais il savait que son frère ne l'avait pas encore invitée à la fête. Et, s'il ne voulait pas y aller seul, il avait intérêt à se dépêcher de trouver une partenaire. Terrifié à l'idée qu'elle refuse de l'accompagner, il avait usé de tout son courage pour lui faire sa demande. Gaële sembla de prime abord hésitante, puis elle accepta l'invitation.

Le Cercle d'Éloan

Goar avait à peine vingt ans et il avait passé une soirée des plus agréables en compagnie de la jeune femme dont il était amoureux. Cela dit, c'était également la pire journée de sa vie, puisque Gaële avait terminé la soirée dans les bras de son frère...

Il était au courant, puisqu'il avait suivi son amie en catimini, alors qu'elle avait insisté pour rentrer seule. Goar voulait s'assurer qu'elle n'aurait aucun problème à retrouver son chemin et il avait eu la surprise de constater qu'au lieu de se diriger vers le Collège des apprentis, elle s'était téléportée au lac. Ce lieu maudit où il avait vu Éloan la rejoindre et l'embrasser...

Regarder la femme qu'il aimait dans les bras d'un autre homme avait été excessivement douloureux. La trahison lui avait brisé le cœur et seule la vengeance le motivait depuis ce jour. Il avait cru naïvement que faire payer cet affront à Éloan mettrait un baume sur sa souffrance... Et qu'en le faisant disparaître, il aurait enfin toute l'attention de Gaële. De toute évidence, il s'était trompé. Malgré la haine qu'il ressentait envers son jumeau, Goar n'avait jamais été capable de détester Gaële.

Retrouvant un air indifférent et froid, il sortit de ses pensées et répondit enfin à sa question.

– Je veux savoir où se trouvent les enfants.

– Dommage, nous n'en avons pas la moindre idée ! rétorqua la vieille femme.

Goar savait qu'elle mentait, mais il avait prévu sa réticence.

– Je me doutais que ce serait difficile de vous faire parler. C'est pourquoi vous n'avez encore rien reçu à manger et il en sera ainsi tant que je ne saurai pas où ils se terrent. Je vous laisse y réfléchir… Vous n'aurez qu'à avertir les gardes lorsque vous aurez décidé de coopérer.

– Et Azalée ? s'alarma Wyllem. Vous ne ferez pas subir un tel traitement à une femme enceinte, quand même ! Vous ne pouvez pas les laisser mourir de faim, le bébé et elle !

– La décision vous revient, désormais, lança le grand sage en s'éloignant sous les protestations de Wyllem.

Azalée tenta de le rassurer.

— Ne sois pas inquiet, nous sortirons d'ici bientôt. Il faut faire confiance à nos âmes jumelles. Je suis certaine qu'elles ne nous laisseront pas tomber. Tant que nous pourrons tenir sans manger, il est hors de question de céder aux menaces de Goar.

Ils avaient convenu que seule Mahaude accompagnerait Imaëlle jusqu'à l'aile du grand sage. Moins nombreux ils seraient à déambuler dans les corridors, moins ils couraient le risque de se faire prendre. De plus, si leur plan ne se déroulait pas comme prévu, Mahaude connaissait les dédales de l'école mieux que quiconque, et elle pourrait faire diversion au besoin. En empruntant les corridors les moins fréquentés, les deux amies se rendirent à l'étage supérieur. Elles devaient d'abord pénétrer dans l'aile des apprentis pour atteindre celle du grand sage. Heureusement, la salle commune était vide ; les étudiants étaient endormis à cette heure.

Devant les portes de bois massives indiquant l'aile du grand sage, Imaëlle sortit le trousseau de clés emprunté à Virgil et identifia la clé de bois.

Puisque le duel des apprentis était terminé, plus aucun garde n'était affecté à la surveillance de l'endroit. La géode ayant repris son apparence initiale, elle ne présentait plus aucun danger.

Les filles pénétrèrent dans le salon, puis Mahaude referma doucement la lourde porte derrière elles. À l'intérieur, une agréable chaleur était diffusée par un foyer, où rougeoyaient quelques braises.

Derrière la pièce principale, une bibliothèque était remplie de manuscrits tous plus précieux les uns que les autres. Les adolescentes y jetèrent un œil curieux, toutefois elles se dirigèrent plutôt vers les portes de la géode, où étaient incrustées une multitude de pierres, formant un superbe motif floral.

Les portes n'étaient pas fermées à clé. Dans la géode, un sentiment de grande puissance envahit Imaëlle et Mahaude. L'énergie était palpable autour d'elles et elle élevait leurs propres vibrations. Deux méralds accrochés au mur accentuaient la beauté des cristaux bleutés de la paroi.

– Voilà le manuscrit de Kattenga ! s'égaya Imaëlle en apercevant le volume à la couverture en cuir brun, sur une tablette tout au fond de la géode.

Gaële avait assuré à Imaëlle que le livre était gardé dans la pierre des anges ; l'énergie de celle-ci l'empêchait ainsi de se détériorer au fil des ans.

L'adolescente s'élança pour le saisir, en espérant de tout cœur que le phénomène se produirait à nouveau. Elle devait retrouver Éloan ! Il était leur seul espoir de retourner au 21e siècle !

Au moment où ses doigts entrèrent en contact avec le volume, un vertige la submergea, exactement comme la première fois. Elle perdit contact avec la réalité pendant un moment.

Lorsqu'elle rouvrit les yeux, elle vit Éloan, couché à même le sol. Comme s'il avait senti la présence d'Imaëlle, le vieil homme s'était réveillé et levé précipitamment. La surprise et la joie pouvaient se lire sur son visage. Sans perdre une seconde, il s'était mis à gesticuler à la manière d'un comédien dans un film muet.

Voyant qu'elle ne parvenait pas à le comprendre, Éloan s'était dirigé vers le mur d'eau où défilaient des images de la cité endormie. Seuls quelques gardes arpentaient les rues désertes en cette heure matinale.

Le vieil homme toucha le liquide mouvant et changea l'image qui s'y reflétait. Imaëlle reconnut aussitôt le lac intérieur de la cité d'Éloan.

Le vieil homme tourna alors subitement la tête vers un des murs de la grotte. Un marmouset pygmée venait de pénétrer par un petit orifice se trouvant dans l'amas de rochers qui bloquait la sortie. D'un bond, il sauta sur l'épaule de son maître. Ce petit gilet jaune… ça ne pouvait être que Klept !

Disparu depuis nombre d'années, Éloan était donc enfermé sous le nez des Éloaniens ?! Et si personne n'avait pu le repérer jusqu'à maintenant, c'est que la grotte était sûrement protégée par un sortilège.

Le marmouset tenait quelque chose dans sa gueule et on aurait dit qu'il tentait d'attirer l'attention d'Éloan…

L'adolescente se sentit de nouveau happée par un tourbillon et elle réintégra son corps aussitôt. Encore une fois, on lui avait arraché le livre des mains. Imaëlle faisait face à un vieil homme, l'air peu commode. Il ordonna aux deux amies de sortir de la géode sur-le-champ.

Elle devina qu'il s'agissait de Goar. Seule sa longue chevelure d'un blanc immaculé le faisait ressembler à Éloan. Ses yeux sombres sondaient l'adolescente et elle eut l'impression qu'elle ne pouvait rien lui cacher. Il pouvait probablement déchiffrer ses pensées sans effort.

Contrairement à son jumeau, Goar avait des traits sévères et il ne dégageait aucune bonté. À ce moment précis, il avait de bonnes raisons d'être en colère. En plus de s'être évadées de prison, les filles se faisaient prendre en flagrant délit d'effraction dans ses appartements !

Le grand sage enleva sa cape.

Imaëlle se demanda un instant s'il pouvait sonder son esprit et y découvrir que son frère était toujours en vie.

– J'ai cherché Éloan pendant des années, lança Goar de but en blanc. S'il y avait une chance qu'il soit toujours vivant, je serais le premier à m'en réjouir !

Goar arrivait à lire les pensées de l'adolescente comme dans un livre ouvert.

– C'est donc pour cette raison que tu te trouvais dans la géode, comprit-il. Intéressant… mais complètement inutile.

– Éloan est vivant, je l'ai vu de mes propres yeux, affirma Imaëlle. Même Gaële…

– Cela fait des années que je tente de la raisonner, sans succès, la coupa Goar. Ce que tu as vu est une projection de ce que ton âme jumelle a bien voulu te faire voir. Une vague supercherie pour t'inciter à poursuivre sa lubie. Toute sa vie, Gaële s'est entêtée à croire que la disparition de mon frère était un coup monté. Ai-je besoin de te rappeler qu'elle possède des pouvoirs hors du commun ? S'il était en vie, Gaële aurait retrouvé Éloan depuis longtemps, tu peux me croire…

Les épaules d'Imaëlle s'affaissèrent sous les doutes. Se pouvait-il qu'il ait raison ? Que son âme jumelle n'ait jamais accepté la mort d'Éloan, allant jusqu'à imaginer un complot contre lui ?

Malgré les dires de Goar, une part de l'adolescente croyait encore fermement que ses visions de la grotte reflétaient la réalité et qu'Éloan était toujours en vie. Il était plus sage de se fier à son âme jumelle que de s'en remettre aux affirmations d'un homme qu'elle connaissait à peine.

– Trêve de bavardage, j'ai du travail. Je dois réactiver le corridor de lumière…

– Vous allez donc aider mes amis à rentrer chez eux ? émit Mahaude.

– Je n'ai rien dit de tel. Je n'ai encore rien décidé à ce sujet… Tout dépendra de votre collaboration.

– Que doit-on faire ? voulut savoir Imaëlle, qui entrevoyait enfin un espoir de revoir ses parents un jour.

– Vous devez me remettre le septin pour prouver que vos intentions sont nobles.

– Vous savez sans doute que, pour voyager dans le futur, nous avons besoin du septin, nota Imaëlle.

– Oui. Cependant, le pont de lumière éprouve de plus en plus de difficulté et je me suis engagé auprès des Éloaniens à régler ce problème. Je ne peux pas décevoir mon peuple une seconde fois. Croyez-moi, c'est l'unique raison pour laquelle je souhaite prendre possession du septin.

– À vrai dire, on ne sait plus où il est…, soupira Mahaude. Nous l'avions dissimulé dans un endroit que nous croyions être les seuls à connaître, mais cette nuit, lorsque nous y sommes retournés, le prisme avait disparu.

Goar, qui affichait depuis le début un calme olympien, se mit à marcher de long en large en frottant sa barbe du bout des doigts. Après plusieurs allers-retours, il s'arrêta devant Mahaude et fixa longuement son regard sur elle.

– Étrange… C'est la première fois que je n'arrive pas à lire les pensées de quelqu'un… Est-ce que tu me cacherais certaines informations, par hasard ?

– Non ! Je vous assure que je ne sais pas où il se trouve ! se défendit l'adolescente.

Le grand sage ne semblait pas convaincu.

– Je ne vois qu'un moyen d'en savoir un peu plus…

Goar invita les deux amies à le suivre. Les filles obtempérèrent en pensant que, si elles respectaient ses consignes à la lettre, peut-être serait-il plus clément à leur égard.

Le vieil homme sortit de ses appartements et les conduisit vers une porte à proximité. Il l'ouvrit et invita les deux adolescentes à passer devant lui. Hésitantes, elles n'osèrent pas franchir le seuil. Tout à coup, une force invisible les poussa à l'intérieur. Puis la porte se referma et Imaëlle entendit le verrou. Mahaude frappa le battant en criant au grand sage de les laisser sortir, mais il les ignora et s'éloigna. Elles étaient de nouveau prisonnières !

Il était hors de question que j'attende des années avant de contrôler le corps qui m'a été imposé. Lors de mon retour sur Terre, je n'avais que quelques secondes pour déjouer le plan des anges et c'est réussi ! Je me suis emparé d'un autre corps et de son âme. Je suis certain que cette personne n'a même pas remarqué que, par moments, elle devient ma marionnette ! Avec le temps, j'arriverai à lui faire faire tout ce que je veux. Quand l'heure sera venue, je récupérerai le septin et je pourrai de nouveau utiliser mes pouvoirs…

Ma vengeance est proche…

– 6 –

Supplice mortel

La vision de l'adolescente venait de s'évaporer devant ses yeux lorsque Éloan remarqua le bijou que Klept tenait dans sa gueule.

– NON, NON, NON ! Il ne fallait pas me rapporter le collier ! s'exclama-t-il, envahi par le découragement.

Le marmouset n'était pas soumis au sortilège qui empêchait le vieil homme de s'échapper. Il pouvait aller et venir à sa guise. D'ailleurs, Éloan ne s'expliquait toujours pas pourquoi il en était ainsi. Deux jours après le début de sa captivité, il avait eu la surprise de voir Klept débarquer avec une fleur dans la gueule ! Dès lors, il demanda au singe de lui rapporter tout ce qu'il trouvait sur la plage. Parfois, le marmouset gardait ses trouvailles ; à d'autres moments, il aimait partager son butin avec son maître. Tout ce que Klept chapardait et rapportait au captif lui était fort utile dans son quotidien. Le petit singe avait même réussi un tour de force : rapporter à Éloan une boîte à gemmes oubliée près du rivage par un élève. Depuis qu'il bénéficiait de cet éclairage, il avait l'impression que sa prison de pierre avait doublé de superficie ! Il était un peu plus agréable d'y vivre… Malheureusement, Éloan eut tôt fait de découvrir que le sortilège empêchait Klept de transporter le moindre objet à l'extérieur de sa prison de pierres, ce qui aurait permis de signaler sa présence aux Éloaniens…

Son maître s'étant un peu calmé, Klept s'approcha, la tête basse, et déposa l'améthyste dans la main du vieil homme.

– Je sais, tu pensais bien faire… Je ne peux pas t'en vouloir.

Pendant cinquante ans, Éloan avait cherché un moyen de faire parvenir un message à l'extérieur. Il avait cru y être enfin parvenu…

Supplice mortel

Maxime faisait les cent pas dans la salle des victuailles, attendant avec angoisse le retour de sa sœur et de Mahaude.

– Mais qu'est-ce qu'elles font ? Ce ne devrait pas être aussi long…

– Ne t'en fais pas, Max, tenta de le rassurer Zelma. Elles seront sûrement ici d'une seconde à l'autre.

La voix de l'adolescente trembla. Elle était tout aussi inquiète que lui…

– Imaëlle a sans doute décidé de lire quelques pages du manuscrit pour y trouver des indices supplémentaires, supposa Thomas.

– Il n'y a que le grand sage qui puisse voir ce qui y est écrit, lui rappela Demian.

– Elles ont peut-être eu un problème, se risqua William.

Zelma le regarda avec de gros yeux. Ce n'était pas de cette façon qu'il allait rassurer Maxime !

– C'est pas vrai ! explosa Imaëlle qui se mettait rarement en colère. On a été trop naïves de le suivre jusqu'ici…

– Il y a sûrement un moyen de sortir de cette pièce…, réfléchit calmement Mahaude.

– Au fait, à qui appartient cette chambre ?

Un imposant lit à baldaquin se trouvait au centre de la pièce. Des rideaux en velours de teinte bourgogne encadraient le châssis en fer forgé du lit. Un foyer occupait le mur en face du lit. Même si le bien-être des adolescentes était sans doute le dernier des soucis du grand sage, le feu qui crépitait dans la cheminée leur apportait un certain réconfort. De toute évidence, ces luxueux appartements n'étaient pas pour les apprentis du Collège.

– C'est la chambre des invités du grand sage, l'informa Mahaude.

– Mais j'y pense… Nous ne sommes plus dans l'aile du grand sage…

– … et les communications télépathiques sont possibles d'ici ! termina Mahaude qui venait de lire dans les pensées de son amie. Nous pouvons sûrement contacter ton frère !

– *Max ?* tenta Imaëlle.

– *Ima ? Est-ce que ça va ? Mahaude est-elle avec toi ? Où êtes-vous ?*

– *Nous allons bien. Vous êtes toujours dans l'école ?*

– *Non. Milo nous a suggéré de quitter les lieux pour éviter de nous faire prendre à notre tour. Qu'est-ce qui vous retient ? Êtes-vous tombées sur des gardes ?*

– *Euh... Pas tout à fait... Sur Goar ! Il est persuadé que nous savons où se trouve le septin et il nous a enfermées dans une chambre.*

– *Alors nous faisons demi-tour immédiatement pour venir vous chercher !*

– *Oublie cette idée ! Je suis certaine qu'il surveille le couloir et qu'il espère que vous veniez jusqu'à nous.*

– *Mais il n'est pas question qu'on vous laisse à sa merci !*

– J'ai une tâche beaucoup plus importante à te confier… Je crois savoir avec plus de précision où se trouve Éloan !

– Je préférerais aller vous délivrer d'abord… Il y a près de cinquante ans qu'il est emprisonné, il peut bien attendre quelques heures de plus, non ?

– Pas question ! Je suis certaine que Mahaude et moi trouverons un moyen de sortir d'ici… Il n'y a plus un instant à perdre, vous devez retrouver Éloan !

– Et où doit-on commencer nos recherches ?

– Allez au lac, Klept pourra vous aider.

– Klept ?!

– Ma vision a été brève, mais je suis certaine de l'avoir aperçu sur l'épaule d'Éloan.

– Alors je te fais confiance. Soyez prudentes !

– Ne t'en fais pas pour nous. Bonne chance !

Depuis environ une heure, Imaëlle et Mahaude faisaient le tour de la chambre sans fenêtres où elles étaient détenues pour trouver un moyen de s'enfuir.

Soudain, la voix de Goar se fit entendre, un peu comme si des haut-parleurs étaient dissimulés dans la pièce. Pourtant, à cette époque, cette technologie n'avait pas encore été inventée. Il s'agissait probablement d'un pouvoir que le grand sage avait développé. Une fois de plus, il questionna les deux amies à propos du septin.

– Je vous le répète, nous n'avons aucune idée de l'endroit où il se trouve ! insista Imaëlle, irritée.

– Sachez, jeunes filles, que ma patience a ses limites ! tonna le vieil homme. Je vous laisse encore quelques instants…

– Cela me surprend qu'il n'arrive pas à le repérer lui-même, observa Mahaude à voix basse.

Devant le regard interrogateur de son amie, elle expliqua :

– Le septin contient les pouvoirs des sept personnes ayant contribué à sa formation. L'énergie qui s'en dégage est tellement élevée qu'il peut être repéré par le grand sage.

— Dans ce cas, pourquoi nous questionne-t-il ?

— Le prisme doit se trouver dans un endroit semblable à la pièce secrète… protégé par…

Boum ! Une petite explosion dans le foyer interrompit Mahaude. Le feu se mit tout à coup à produire une épaisse fumée qui se dispersait lentement dans la pièce. Voilà donc le moyen que Goar avait trouvé pour les faire parler !

— Et si nous l'envoyions sur une fausse piste ? suggéra Imaëlle, prise d'une quinte de toux.

— Je suis capable de détecter les mensonges, fit la voix de Goar, qui retentit dans la pièce.

Imaëlle fit signe à Mahaude de se mettre à genoux ; la fumée étant moins dense à proximité du sol. Elle agrippa un coin des rideaux du lit à baldaquin et le plaça devant sa bouche. Son amie l'imita.

— Par tous les anges ! On doit sortir d'ici ! s'alarma Mahaude.

La fumée devenait de plus en plus dense et elle brûlait les yeux et les poumons des deux adolescentes.

« Milo peut sûrement nous aider ! » pensa Imaëlle.

Avant même d'avoir transmis le message au Myrc de façon télépathique, elle s'effondra au sol, inconsciente…

Imaëlle était assise dans un fauteuil confortable. La fumée avait disparu et elle pouvait respirer librement. Elle était plongée dans le noir le plus complet, mais comme ses autres sens étaient plus aiguisés qu'à l'habitude, elle conclut qu'il ne pouvait s'agir que d'un souvenir de Gaële, son âme jumelle. Ses doigts effleuraient le bois sculpté des accoudoirs de son siège. Imaëlle se souvint qu'elle avait aperçu des fauteuils de ce genre devant le foyer, dans les appartements du grand sage.

– Chevalier en B-6 ! annonça Éloan, assis en face d'elle et attablé de toute évidence devant un jeu d'échecs.

Le Cercle d'Éloan

De temps à autre, Gaële se rendait dans l'aile du grand sage pour consulter les ouvrages de sa bibliothèque ou encore pour disputer une partie d'échecs. Éloan lui avait appris les règles du jeu. Quelquefois, Goar se joignait à eux et ils discutaient une bonne partie de la nuit. Une amitié – qui lui semblait réciproque à l'époque – s'était installée entre eux. Éloan avait une telle confiance en Goar et Gaële qu'il leur avait remis la clé de son aile privée. Ainsi, ils avaient tous deux la permission d'utiliser ses appartements comme bon leur semblait. La jeune femme appréciait particulièrement les soirs où, devant le foyer, Goar lui faisait la lecture. Il ne semblait jamais se lasser.

Cette fois, c'est Éloan qui l'avait invitée à se joindre à lui pour une partie d'échecs. Gaële préférait les moments, comme celui-ci, où elle était seule avec celui qui faisait battre son cœur. Pendant que la jeune femme réfléchissait à son prochain coup, Éloan lui demanda nonchalamment :

– Est-ce que tu savais que l'école renferme plusieurs passages secrets ?

– Je n'y crois pas ! Tu essaies de tricher ? Je vois très bien que tu veux me faire perdre ma concentration et me faire oublier l'emplacement de mes pions ! s'exclama Gaële, le sourire aux lèvres.

– Aucun danger que ça t'arrive ! Tu as une mémoire phénoménale ! Si je t'en parle, c'est parce que j'ai trouvé les plans de l'école, aujourd'hui. Ils étaient dissimulés dans ma bibliothèque, derrière plusieurs bouquins relatant l'histoire de la cité.

– Continue, tu m'intrigues…

– Ces passages auraient été construits pour assurer la sécurité des élèves en cas de cataclysme. Ils sont tellement bien cachés que je n'ai jamais soupçonné leur existence auparavant.

– Mais aujourd'hui, tu sais où ils se trouvent…

– Oui et j'ai appris qu'il y aurait un passage secret à l'entrée de l'aile des apprentis. Ce passage mènerait directement à la salle des victuailles.

– C'est bon à savoir si j'ai une petite fringale en pleine nuit ! ricana la jeune femme.

– Un autre se trouverait sous la pyramide de bois, devant le bureau de Virgil. Il mènerait directement à une salle de cours au quatrième étage.

— *Je comprends pourquoi Virgil arrive à se déplacer aussi vite sans la téléportation ! Il doit connaître l'existence de ce passage-là.*

— *Si c'est le cas, il ne m'en a jamais parlé. Le dernier passage est dans la chambre de mes invités. Le support à méralds, sur le mur à droite du foyer, doit être tiré pour en donner l'accès…*

Imaëlle se sentait ballottée dans tous les sens, d'une réalité à l'autre, et elle dut combattre la nausée qui l'envahissait. Avec difficulté, elle ouvrit les yeux. Un nuage noir l'empêchait de distinguer où elle se trouvait dans la pièce. Elle entrevit toutefois son amie Mahaude, inconsciente à ses côtés. La gorge en feu, Imaëlle n'avait plus qu'une idée en tête : activer le mécanisme qui lui permettrait d'ouvrir le passage secret.

Elle se dirigea à quatre pattes vers la faible lueur orangée du foyer. En manque d'oxygène, elle fit un ultime effort pour se lever et tâtonna jusqu'à ce qu'elle trouve, sur le mur de pierre, le support à méralds. Elle le tira vers elle de toutes ses forces jusqu'à ce que le mérald tombe à ses pieds et qu'un grondement se fasse entendre derrière elle.

Un immense trou se trouvait désormais à l'emplacement initial du lit, qui avait glissé tout au fond de la pièce. Penchée au-dessus de l'ouverture, Imaëlle utilisa le mérald qu'elle avait récupéré sur le sol pour en sonder la profondeur. Elle aperçut alors l'escalier dans la pierre.

Sans perdre un instant, elle agrippa Mahaude et l'entraîna avec elle vers l'inconnu…

Apparences trompeuses

Aussitôt téléportée au portail numéro 6, Zelma remarqua que le lac intérieur et ses environs étaient beaucoup plus calmes la nuit. Accrochés aux parois rocheuses, plusieurs méralds émettaient une douce lueur bleutée qui miroitait à la surface de l'eau. La plupart des animaux devaient être endormis à cette heure, puisqu'on entendait seulement les petits cris aigus des oiseaux nocturnes, de temps à autre.

– Par quoi commence-t-on ? demanda Thomas.

– Comme Klept connaît l'endroit où est détenu Éloan, il pourra sûrement nous aider à le retrouver, observa Maxime. Klept ? Petit, petit ! Où te caches-tu ?

– Qu'est-ce que tu fais ? pouffa Zelma.

– Ça se voit, non ? J'essaie de le faire sortir de sa cachette.

– Si tu veux mon avis, tu devrais laisser ça à Mégan, rigola l'adolescente. Elle a plus de chances que toi de l'attirer !

– Klept dort la nuit…, observa la fillette en étouffant un bâillement de la main.

– On n'a pas le temps d'attendre que monsieur le singe daigne ouvrir l'œil ! protesta Maxime. Il y a sûrement un moyen de le réveiller…

– Oh ! J'ai une idée ! s'exclama Mégan. Si je lui promets des bananes, peut-être qu'il viendra nous rejoindre ?

– Pourquoi ne pas tenter l'expérience ? acquiesça Thomas en utilisant son pouvoir de télékinésie pour saisir un régime dans le haut d'un bananier.

Les bananes touchaient à peine le sol que le marmouset faisait son apparition dans le large feuillage d'un cocotier. Tournoyant autour du tronc, Klept descendit rejoindre le groupe de jeunes, puis il bondit sur l'épaule de Mégan.

– Bonjour, Klept ! Je suis contente de te voir ! s'exclama-t-elle.

L'animal frotta son museau contre sa joue.

– Il est A-DO-RA-BLE ! ne put s'empêcher de s'exclamer Zelma.

Maxime leva les yeux au ciel, impatient. Zelma ne voyait vraiment pas l'urgence de la situation ! Lui seul semblait avoir remarqué que l'éclairage s'intensifiait, signe que l'aube ne tarderait pas. Même si l'endroit était rarement fréquenté en matinée, ils couraient le risque de plus en plus grand de se faire repérer. S'ils ne trouvaient pas rapidement une piste sérieuse, ils devraient se mettre à l'abri et attendre le soir venu avant de poursuivre leurs recherches.

Le singe sauta sur le régime de bananes et en saisit une, qu'il éplucha avant de l'engouffrer en quelques bouchées.

– Parle-lui d'Éloan, Meg, insista Maxime.

– Nous avons besoin de ton aide, expliqua la fillette au singe en le caressant.

Comme si elle discutait avec un de ses camarades de classe, elle raconta à l'animal qu'ils devaient retrouver Éloan pour rentrer à la maison. Aussitôt qu'il l'entendit prononcer le nom du grand sage, le singe bondit dans l'arbre où il dormait quelques instants plus tôt. Il observa les jeunes longuement, comme s'il voulait s'assurer qu'ils le suivraient, puis il disparut à travers le feuillage.

– Suivons-le ! s'écria Demian en s'élançant à la suite du primate, qui s'éloignait à toute vitesse en sautant d'arbre en arbre.

L'adolescent espérait courir assez vite pour ne pas perdre Klept de vue… Après tout, il les conduisait peut-être à Éloan !

Éloan était éveillé depuis un moment déjà. Il n'avait jamais été sujet à l'insomnie, mais trop de pensées le tourmentaient ces jours-ci. Plusieurs d'entre elles concernaient l'adolescente qui était revenue le visiter. De toute évidence, elle arrivait à déjouer le sortilège que son frère avait lancé à cette grotte. La première fois, la jeune fille était apparue lors de la cérémonie officielle, après le duel des apprentis. Cette fois, la vision avait été trop brève et il n'avait pas eu le temps de la repérer dans la cité grâce au mur d'eau… Un lien existait-il entre les deux événements ? Un détail qui lui permettrait de comprendre le fonctionnement du sortilège et, qui sait, de le désactiver ?

– Selon toi, Gaële, doit-on prendre les menaces de Goar au sérieux ? demanda Wyllem après la visite du grand sage.

– Oh oui ! Je connais cet homme depuis des années. Je peux vous assurer qu'il fera tout ce qui est en son pouvoir pour obtenir ce qu'il veut.

– Étant donné que tu le connais si bien, peut-être as-tu déjà décelé son point faible ? s'enquit Matis. Tu sais, une information le concernant qui nous permettrait de marchander notre libération ou, au moins, quelques aliments à se mettre sous la dent…

– Hum… Sa seule faiblesse me concerne, avoua Gaële. Même s'il n'en laisse rien paraître, je suis certaine qu'il éprouve toujours des sentiments à mon égard. Et ce n'est pas faute d'avoir essayé de lui faire perdre ses illusions ! Toutefois, je ne suis pas sûre que cette information vous sera bien utile pour le faire chanter.

La vieille dame plongea dans ses souvenirs…

La fête des récoltes battait son plein. Gaële avait revêtu sa plus jolie robe de velours rouge, cintrée à la taille. Des rubans s'entrecroisaient dans le dos ainsi que sur les manches évasées. Goar aussi semblait avoir apporté un soin particulier à sa tenue, puisque plusieurs filles l'avaient complimenté ce soir-là.

– Tu veux bien me décrire ce que tu portes ? lui demanda Gaële, intriguée.

– J'ai seulement troqué ma tunique habituelle pour une chemise blanche et une veste beige sans manches. Oh ! J'oubliais la magnifique ceinture noire qui affine ma taille et la met en valeur ! plaisanta le jeune homme.

Gaële éclata de rire. Il était rare que Goar fasse des blagues, mais cela rendait sa compagnie encore plus agréable.

Goar demanda à sa compagne si elle désirait se joindre à lui pour danser. Par la pensée, Gaële ordonna à Olie, assise à ses pieds, de ne pas les accompagner. Le coyote geignit, mais obéit.

Dès que les premières notes de musique se firent entendre, la jeune femme constata, à sa grande surprise, que son partenaire était très bon danseur et qu'il la dirigeait adroitement. Elle n'eut aucune difficulté à suivre le rythme rapide imposé par les musiciens.

Gaële aurait préféré être dans les bras d'Éloan, pourtant elle était heureuse de faire plaisir à son ami. Si elle ne l'avait pas accompagné, Goar aurait sans doute été seul pour danser… Le jeune homme se mêlait rarement aux autres élèves de la classe. C'était un garçon renfermé avec qui il était difficile de se lier d'amitié. Gaële était en fait sa seule véritable amie, à part Éloan. Celui-ci était parvenu à établir un lien avec Goar en stimulant sa soif d'apprendre, et ce, bien avant de découvrir leur origine commune. Goar restait régulièrement après les cours pour questionner Éloan afin d'approfondir ses connaissances. Gaële savait que c'était en grande partie grâce à ces « cours privés » que les pouvoirs de son ami avaient augmenté à une vitesse hors du commun…

Quelques danses plus tard, Gaële demanda à faire une pause et elle rejoignit Olie, qui attendait patiemment son retour. Goar l'informa qu'il serait parti un instant, le temps d'aller chercher des rafraî-chissements. Éloan profita de l'absence de son jumeau pour la rejoindre.

Gaële détecta sa présence grâce à ses pouvoirs :

— Bonsoir, Éloan.

— Bonsoir, Gaële. Je suis heureux de voir qu'Olie t'est toujours aussi fidèle.

— Dis-moi, tu ne lui aurais pas jeté un sort, par hasard ? Elle ne me lâche pas d'une semelle ! C'est tout juste si j'ai pu danser sans elle, tantôt !

— Je suis bien content de l'apprendre, rigola Éloan. Je t'assure que je n'y suis pour rien ! Tu es tout simple-ment irrésistible et elle n'arrive pas à se détacher de toi !

Gaële rougit jusqu'à la racine des cheveux. Pour changer de sujet, elle pensa demander à Éloan quelle compagne il avait invitée à la fête, néanmoins elle se ravisa, de peur d'avoir l'air jalouse.

Lisant dans les pensées de la jeune femme, Éloan voulut se justifier :

Apparences trompeuses

– *Tu sais que j'aurais bien aimé t'inviter à cette soirée avant mon frère…*

– *Qu'est-ce qui t'en a empêché ? rétorqua Gaële sans détour. Hum… Désolée…, se reprit-elle aussitôt. Je ne dois pas être la seule à avoir espéré une demande de ta part, n'est-ce pas ?*

– *Tu as raison et c'est pourquoi j'ai décidé de venir seul…*

– *Ah bon ?*

– *Je voulais être certain que celle envers qui j'ai de véritables sentiments ressente la même chose pour moi… J'avais prévu profiter de cette soirée pour m'en assurer.*

Le cœur de Gaële fit un bond dans sa poitrine. C'est alors qu'un petit couinement d'Olie l'avisa que Goar revenait vers eux. La jeune femme aurait bien aimé poursuivre cette conversation, mais Éloan s'éclipsa avant que son jumeau les rejoigne.

– *Que voulait-il ? s'enquit Goar sur un ton soupçonneux.*

– *Me saluer…*

Le Cercle d'Éloan

Gaële avait senti de la jalousie dans le ton de son compagnon. Se doutait-il des sentiments qu'elle éprouvait pour leur professeur ?

— Un peu plus tard dans la soirée, Éloan me donnait rendez-vous sur la plage, par télépathie, poursuivit Gaële à l'intention de son auditoire attentif. Je parvins à convaincre Goar que j'étais fatiguée et que je voulais rentrer. Mon ami semblait vraiment déçu. Pour ma part, j'étais tellement excitée à l'idée de revoir Éloan en secret que c'était le dernier de mes soucis. Avec le recul, je me rends compte que Goar était déjà fou amoureux de moi, à cette époque, cependant j'en ai pris conscience bien plus tard…

« La fête des récoltes restera à jamais gravée dans ma mémoire, puisque c'est à ce moment qu'Éloan me déclara son amour et qu'il me donna ce collier. »

Gaële exhiba la géode en coupe qui pendait à son cou, avec en son centre trois minuscules améthystes.

— Comme c'est romantique ! s'exclama Azalée.

Apparences trompeuses

– C'est vraiment une belle histoire d'amour !
Et pourtant, elle s'est vite transformée en cauchemar… Quelques jours après notre rendez-vous
secret, Éloan disparaissait.

– Oh non ! fit Azalée, peinée pour la vieille
dame.

– Nous avions fait des projets ensemble, nous
voulions nous unir et fonder une famille. La
dernière fois que je lui ai parlé, Éloan m'a confié
qu'il était heureux de m'avoir dans sa vie.

– Je comprends maintenant pourquoi vous
n'avez jamais cru qu'il ait pu partir de son
plein gré, comme plusieurs l'affirmaient…, nota
Wyllem, qui entendait pour la première fois la
version de Gaële.

Celle-ci avait toujours été peu encline à parler
de ses souvenirs reliés à cette époque.

– En plus, Éloan était enchanté d'avoir
retrouvé son frère jumeau, seul membre de sa
famille encore en vie.

– Et qu'en était-il de Goar ? s'enquit Xavier.

– Je ne sais pas trop ce qu'il en pensait, car il était peu loquace à ce sujet. Pour ne pas briser le lien de confiance qui s'était établi entre les deux hommes, j'ai décidé d'attendre avant de faire part à Éloan de mes inquiétudes concernant Goar et de la jalousie que je sentais en lui. Voilà cinquante ans que je regrette mon silence…

Klept sautait d'arbre en arbre. Il semblait aussi léger qu'une chauve-souris en plein vol. Le marmouset s'arrêta enfin sur la branche d'un papayer bordant le rivage de l'île, puis il s'élança sur les pierres plates qui traversaient le lac souterrain et donnaient accès à la plage.

Non loin de l'emplacement où Maxime avait trouvé les pièces de monnaie anciennes, sous le puits, Klept disparut dans la paroi rocheuse, comme il avait l'habitude de le faire lorsqu'il s'emparait des menus objets que laissaient traîner les Éloaniens sur la plage. L'ouverture où il s'était faufilé avait la taille d'un pamplemousse. Il était donc impossible pour les jeunes de le suivre.

Demian remarqua alors que le trou semblait s'élargir près du sol. Se pouvait-il que son ouverture soit tout simplement cachée par le sable ? L'adolescent utilisa ses mains en coupe pour dégager la base de la paroi. La brèche s'élargissait à vue d'œil !

Maxime, William et Thomas vinrent lui prêter main-forte. Ils déblayaient le trou aussi vite que possible, impatients de découvrir ce qui se cachait de l'autre côté du mur.

Heureusement, une quinzaine de minutes plus tard, l'ouverture fut assez grande pour que l'un d'eux puisse s'y glisser. Maxime insista pour être le premier à passer.

– Sois prudent ! insista Zelma.

Thomas lui donna un mérald qu'il avait décroché de l'un des supports fixés à la paroi rocheuse de la grotte. Maxime le remercia et serra la pierre entre ses dents pour avoir les mains libres pendant qu'il avançait à plat ventre. Il aboutit dans un espace dégagé, suffisamment grand pour se tenir debout.

– Il n'y a personne, ici ! observa-t-il à l'intention de ses amis, restés à l'extérieur.

Il fit tout de même le tour de la grotte en examinant les parois avec attention.

– Attends-nous, on vient te rejoindre ! lui cria Thomas.

En restant à l'extérieur, les jeunes risquaient d'être surpris.

– Oh ! J'ai trouvé ! s'exclama Maxime en disparaissant derrière le mur du fond.

Un trompe-l'œil l'avait empêché d'apercevoir un étroit passage dans la paroi. Lorsque ses amis eurent tous traversé, il s'y aventura. Comme l'ouverture ne permettait qu'à une seule personne de passer à la fois, c'est en file indienne que les cinq amis emboîtèrent le pas à Maxime. Au grand plaisir de Zelma, aucune chauve-souris ne semblait avoir élu domicile dans la grotte. Malgré cela, l'adolescente pensait sans arrêt aux autres bestioles qu'elle pouvait croiser.

– N'aie pas peur ! lui chuchota Mégan gentiment.

– Ce serait plutôt à moi de te rassurer, non ? nota Zelma devant la sagesse de la fillette.

Maxime avait une bonne avance sur le groupe et il le devançait de plusieurs mètres. Tout à coup, William, qui marchait devant les autres, s'arrêta net. Demian percuta son ami de plein fouet, surpris par cet arrêt brusque. Thomas heurta à son tour le Portoricain, suivi des deux filles.

– Qu'est-ce qui te prend, Will ? demanda Zelma en frottant son nez endolori.

L'irritation céda la place à la panique lorsqu'elle remarqua le sang qui coulait du nez de son petit ami.

– WILLIAM ! Est-ce que ça va ??!

L'adolescent s'essuya avec la manche de son vêtement.

– Oui, oui, rien de cassé, la rassura-t-il. Je ne comprends pas ! J'ai voulu suivre Maxime, mais on dirait que je viens de heurter un mur invisible !

Maxime fit demi-tour lorsqu'il se rendit compte que ses amis ne le suivaient pas. Demian s'affairait déjà, grâce à son don de guérison, à stopper le saignement de William.

Lorsque Maxime arriva à une distance de moins d'un mètre de ses amis, tous sursautèrent. C'était comme si l'adolescent venait de surgir d'une boîte à surprise ! Personne n'avait anticipé son arrivée, puisqu'il était impossible de voir Maxime avant qu'il traverse la « barrière » sur laquelle William s'était cogné.

– Je t'avais prévenu de ne pas contredire Zelma ! plaisanta Maxime en voyant le visage ensanglanté de son ami. Qu'est-ce qui t'est arrivé ?

William lui expliqua le phénomène étrange du trompe-l'œil.

Pendant ce temps, Thomas poussait de toutes ses forces, l'épaule appuyée contre… le vide ! Ils en conclurent que seul Maxime pouvait traverser le mur invisible.

– On dirait bien que je vais poursuivre seul…, lança Maxime.

– Ce n'est pas très prudent ! s'inquiéta Zelma. Et s'il t'arrivait malheur ? Nous ne pourrions pas te venir en aide…

Apparences trompeuses

– La seule façon de savoir si Éloan est quelque part par là est de continuer d'avancer. Vous n'avez qu'à m'attendre ici.

– Regardez ! Klept peut lui aussi traverser le mur ! s'exclama Mégan en voyant le marmouset apparaître comme par enchantement aux côtés de Maxime.

– Ouf ! Quel soulagement ! Je ne serai pas seul : Klept m'accompagnera ! lança l'adolescent avec ironie.

Puis, retrouvant son sérieux, il s'adressa au singe :

– Si tu me conduis jusqu'à Éloan, je te promets dix régimes de bananes !

L'animal s'enfonça dans les profondeurs de la grotte à toute vitesse.

Ignorant les protestations de Zelma, Maxime s'élança à sa suite.

– 8 –

La clé du mystère

Grâce à son mérald, Maxime évita de se heurter la tête aux parois rocheuses du corridor étroit et sinueux qu'avait emprunté Klept. Le marmouset faisait sans cesse des allers-retours afin de s'assurer que Maxime le suivait toujours. L'animal semblait connaître l'endroit comme le fond de sa poche.

Après qu'il eut marché sur une centaine de mètres, un amoncellement de roches mit fin à la progression du jeune homme. Impossible d'avancer davantage. Encore une fois, Klept avait disparu dans une fente trop petite pour laisser passer un humain. Maxime s'accroupit pour crier par l'orifice :

– Ohé ! Il y a quelqu'un ?

Il tendit l'oreille. Un son sourd se fit entendre. Était-ce Éloan ? Il n'y avait qu'un moyen de le savoir. Maxime se mit à déplacer les roches qu'il pouvait soulever avec ses mains et les empila un peu plus loin. Lorsque les morceaux plus gros furent difficiles à déplacer à main nue, il utilisa son pouvoir de télékinésie, qu'il maîtrisait de mieux en mieux. La tâche s'avérait ardue, mais l'adolescent était déterminé à dégager l'ouverture coûte que coûte…

De l'autre côté de l'épaisse paroi rocheuse, Éloan faisait les cent pas. Il était certain d'avoir entendu une voix. Peut-être s'agissait-il de la jeune fille qui lui était apparue quelques heures plus tôt ? Il espérait et voulait y croire de toutes ses forces. S'imaginer qu'il sortirait enfin de cet endroit et qu'il reverrait sa bien-aimée lui arracha un sourire.

Lorsque plusieurs sons sourds résonnèrent de l'autre côté de la paroi, Éloan n'eut plus de doute. Quelqu'un s'activait tout près ! Puis, dans un grand fracas, les pierres qui bloquaient l'entrée s'écroulèrent.

– Que je suis heureux de te voir, mon garçon ! s'exclama Éloan en ouvrant les bras pour serrer Maxime avec affection.

– Par ici la sortie ! s'exclama l'adolescent, tout sourire.

Sur le chemin du retour, Maxime avait mille et une questions à poser au vieil homme.

– Tu veux savoir pourquoi je n'ai pas utilisé mes pouvoirs pour m'échapper ? lui demanda Éloan après avoir lu dans ses pensées.

– Hum… oui, ça m'intrigue beaucoup. On raconte que vous êtes si puissant !

– La grotte que nous venons de quitter est protégée par un sort qui m'empêchait de me servir de mes pouvoirs.

– Le sortilège ne s'étend peut-être pas jusqu'à ce corridor. Vous devriez essayer de vous téléporter à l'extérieur, suggéra Maxime.

– Non, ça ne fonctionne pas, avoua Éloan, l'air déçu.

– Comment ai-je pu utiliser mes pouvoirs pour déplacer les rochers alors ?

– Il se peut que le sortilège ne vise qu'une seule personne… Es-tu venu seul jusqu'ici ?

– Non. Mes amis auraient bien aimé me suivre, mais une barrière invisible les en a empêchés.

– Une barrière invisible ? répéta le grand sage, soucieux.

– Justement, nous y voilà, l'informa Maxime. Venez, je vais vous présenter.

– Et puis ? s'enquit Zelma avec empressement lorsque Maxime réapparut. Tu l'as trouvé ?

– Oui. Il est juste derrière moi.

Tous les regards convergèrent vers le mur invisible. Éloan se faisait attendre. Se pouvait-il qu'il lui soit impossible de traverser ?

De l'autre côté, Éloan n'était qu'à quelques pas de Maxime et de ses amis, qu'il pouvait voir se réjouir de son retour. Avec prudence, le vieil homme avança ses mains devant lui. Même si la voie semblait libre, ses doigts heurtèrent une surface translucide qu'il tâtonna de haut en bas et de gauche à droite pour en déterminer l'étendue. Comme il l'avait craint, il ne pourrait pas sortir tant que le sort serait actif. Son ravisseur n'avait pris aucun risque en étendant celui-ci à l'extérieur de la grotte.

— Vous ne pouvez pas passer…, conclut Maxime après avoir retraversé la barrière invisible.

— Nous sommes probablement à la limite du sortilège. Voilà pourquoi tes amis et moi ne pouvons pas traverser. Par contre, je ne m'explique toujours pas pourquoi *toi*, tu y parviens sans problème…

Le vieil homme dévisageait Maxime avec intensité.

— Tu me rappelles quelqu'un… oui… cette jeune fille qui a participé à la finale du duel et qui est venue me voir, dans la grotte.

— Imaëlle ? C'est ma sœur. Elle a eu une vision de vous lorsqu'elle a dû remettre le manuscrit de Kattenga à Syl…

— Peux-tu m'indiquer l'endroit où elle se trouvait la deuxième fois qu'elle m'a vu ? le coupa le grand sage.

— Euh… Dans la géode… Je sais qu'elle est strictement réservée au grand sage, mais je dois préciser que nous avons suivi les conseils de Gaële ! avoua Maxime, l'air coupable. On a dû défier quelques règles du Collège pour qu'Ima puisse y pénétrer…

— Et vous avez eu des problèmes avec mon frère, comprit Éloan en lisant les pensées du jeune homme. Dès que je sortirai d'ici, je te promets d'aider ta sœur et son amie, qui ont pris de grands risques pour que je retrouve ma liberté.

— D'accord. Que doit-on faire ?

— Laisse-moi réfléchir… Si le sortilège a été hors fonction pendant un moment, cela signifie qu'il y a un moyen de le désactiver. Et, si je repense aux deux moments où ta sœur a réussi à se matérialiser devant moi, il y a un point qui les relie…

– … le manuscrit de Kattenga ! compléta Maxime.

Éloan se souvint que le sort n'avait été inactif que lorsque Imaëlle avait eu le manuscrit en sa possession la première fois. Il supposa donc que le précieux bouquin devait être sorti de la géode pour que le sortilège soit désactivé. Il restait à vérifier cette hypothèse…

– C'est tout ce que nous avons à faire ? s'étonna Demian lorsque Maxime les eut rejoints et mis au courant des réflexions du captif.

– C'est ce qu'Éloan croit.

– Et dire que nous aurions pu mettre fin à sa captivité depuis longtemps ! se désola Zelma. Comment allons-nous faire pour retourner dans l'aile du grand sage sans nous faire prendre, maintenant que le jour est levé ?

– À part l'aile du grand sage, que je ne peux pas visualiser parce qu'elle est protégée, je peux savoir à tout moment où se trouvent Virgil, Sylvius et Goar dans l'école. Je suis donc le mieux placé pour effectuer cette mission, se proposa William.

– Je t'accompagne, affirma Zelma sur un ton qui n'admettait pas la réplique.

– Pour ma part, je resterai auprès d'Éloan jusqu'à ce qu'il puisse sortir, ajouta Maxime.

L'adolescent avait à peine disparu de l'autre côté du mur invisible que sa tête réapparaissait, comme si elle flottait dans les airs.

– Éloan vous souhaite bonne chance...

Mahaude était revenue à elle dès qu'elle avait pu prendre quelques bouffées d'air frais. Elle suivait maintenant Imaëlle dans un passage étroit et sombre depuis plusieurs minutes. Les deux adolescentes n'avaient aucune idée de l'endroit où elles déboucheraient. Pourtant, il n'était pas question de faire demi-tour. Ce passage était leur seule chance d'échapper à Goar et elles devaient faire vite avant qu'il s'aperçoive qu'elles avaient réussi à s'enfuir.

Soudain, Imaëlle repéra une lueur au loin. Elles rejoignirent une porte qui laissait passer la lumière en son pourtour. Après s'être assurées que personne ne se trouvait de l'autre côté, les deux amies pénétrèrent dans la pièce. La porte qu'elles venaient de franchir était dissimulée derrière une immense tapisserie.

– Où sommes-nous ? demanda Imaëlle à Mahaude.

– Toujours dans le Collège des apprentis, mais je constate que le passage secret nous a menées deux étages plus bas. On doit retourner au premier étage si on veut utiliser le portail, viens !

– Je croyais que l'escalier était de l'autre côté ? souleva Imaëlle.

– Il y en a un second au bout de cette aile, affirma son amie.

Alors qu'elles s'apprêtaient à monter, des bruits de pas mirent tous leurs sens en alerte.

Quelqu'un venait ! Elles prirent leurs jambes à leur cou et détalèrent à toute vitesse en sens inverse du bruit. La voix d'un garde retentit derrière elles.

– HALTE-LÀ !

En tournant le coin, Mahaude s'arrêta devant la première porte qu'elle croisa sur sa gauche. Cette dernière n'était pas fermée à clé.

– Suis-moi, Ima !

Elles eurent tout juste le temps de refermer la porte avant d'entendre le garde armé déboucher dans le corridor et passer devant leur cachette.

– La sécurité a été renforcée dans l'école…, souffla Mahaude. L'endroit est désert, d'habitude, le matin.

– Un peu plus et on se faisait prendre !

Les deux adolescentes se trouvaient dans la cristallerie. La pièce était éclairée en permanence par des dizaines de cristaux de couleurs diffé-rentes, disposés sur des tablettes. Imaëlle se serait cru un samedi soir, au camping, au milieu de la piste de danse éclairée par les projecteurs de couleurs. Plaisir en moins…

– Nous ne pourrons pas rester ici très long-temps. Le garde ne va pas tarder à informer ses collègues et ils fouilleront chaque pièce de fond en comble.

Mahaude se dirigea au fond du local, vers une des tablettes.

– Que fais-tu ? demanda Imaëlle.

– Laisse-moi récupérer un mérald, ça pourrait nous être utile…

Mahaude trouva rapidement ce qu'elle cher-chait et elle revint vers son amie. Alors que Mahaude posait la main sur la poignée pour sortir, la porte de la cristallerie s'ouvrit brus-quement, faisant sursauter les deux filles. Goar se tenait dans l'embrasure…, l'air très en colère.

Alerté par le garde, le grand sage avait uti-lisé ses pouvoirs pour localiser rapidement les adolescentes en cavale. Par chance, elles se trouvaient toujours dans l'enceinte du Collège… et elles étaient prises au piège !

– Ça suffit, maintenant ! Donnez-moi le septin !

– Mais vous êtes sourd ou quoi ? JE VOUS RÉPÈTE QUE NOUS N'AVONS AUCUNE IDÉE DE L'ENDROIT OÙ IL SE TROUVE !!! explosa Imaëlle.

– Tu devrais peut-être laisser parler ta copine. Je crois qu'elle en sait plus à ce sujet qu'elle ne veut bien le dire…

Éloan et Maxime étaient de retour dans la grotte où le vieil homme avait été si longtemps enfermé. Le grand sage tenait à consulter le mur d'eau afin de voir la progression de Zelma et William.

– Un garde est maintenant posté devant chaque portail ! s'inquiéta Éloan en faisant défiler différentes images du Collège des apprentis et de la cité d'Éloan.

– Je suis certain qu'il s'agit de l'idée de Sylvius, avoua Maxime. C'est le meilleur moyen de contrôler tous les déplacements dans la cité…

Il résuma au vieil homme la conversation qu'il avait surprise à la salle des victuailles.

– Sylvius fera tout en son pouvoir pour nous attraper et…

Maxime s'interrompit brusquement. Éloan quitta le mur d'eau des yeux pour reporter son attention vers le jeune homme, qui venait d'avoir une vision. L'expression de terreur qu'il pouvait lire sur son visage n'augurait rien de bon…

Imaëlle n'eut pas l'occasion de demander des explications à Mahaude concernant les affirmations de Goar, puisqu'elle reçut une communication télépathique de son jumeau. Le moment était bien mal choisi !

– *Ima ?*

– *Max, je ne peux pas te parler maintenant !*

– *Attends, c'est une question de vie ou de mort !* *Mahau… elle…*

Son jumeau était tellement énervé qu'Imaëlle peinait à comprendre ce qu'il tentait de lui dire.

– *Je viens d'avoir une vision ! Mahaude court un grave danger !*

Le septin est enfin en ma possession ! Il ne me reste qu'à trouver un moyen de me débarrasser d'elle... Elle a rempli sa mission et elle ne m'est plus d'aucune utilité. Ensuite, je pourrai retourner dans la cinquième dimension et me venger de tous ces traîtres...

– 9 –

Un ami fidèle

Les sens en alerte, Imaëlle entendit un léger tintement. Elle leva la tête et s'élança aussitôt vers Mahaude, qu'elle poussa de toutes ses forces. Suspendu au plafond, un imposant luminaire composé d'une centaine de méralds s'écrasa lourdement au sol, exactement à l'endroit où se trouvait Mahaude quelques secondes auparavant.

– Vous êtes fou ! cria Imaëlle au vieil homme. Mahaude, est-ce que ça va ?

La jeune fille rousse se releva lentement, comme si elle émergeait d'un mauvais rêve. Avant que le grand sage n'ait pu faire le moindre geste, Mahaude saisit la main d'Imaëlle et elles dispa-rurent sous les yeux de Goar...

Zelma empruntait le sentier vers l'île où se trouvait le portail numéro 6 lorsqu'un bruissement de feuille la mit en alerte. Elle attrapa William par un coin de sa tunique et lui fit signe de s'accroupir derrière un rocher. Ils avaient failli se faire repérer par un garde posté devant le portail.

– Qu'est-ce qu'il fait là, lui ? demanda Zelma. Et comment allons-nous faire pour l'éloigner ?

– J'ai une idée…

William ferma les yeux jusqu'à ce qu'un énorme « plouf » se fasse entendre dans le lac. Le garde fronça les sourcils et décida d'aller voir ce qui avait provoqué ce bruit. Il disparut à travers la végétation, laissant le champ libre à Zelma et à William.

– Je ne suis peut-être pas aussi talentueux que Thomas pour déplacer des objets par télékinésie avec précision, mais pour lancer une roche à l'eau, je ne m'en tire pas si mal ! chuchota l'adolescent.

– Bravo ! le félicita Zelma en s'élançant vers le portail.

Un ami fidèle

Maxime était soucieux. Il n'avait pas de nouvelle de sa sœur et de Mahaude depuis qu'il avait fait part de sa prémonition à sa sœur. S'il fallait qu'il soit arrivé malheur à Mahaude !

– Tu l'aimes bien, cette jeune fille, remarqua Éloan en surprenant les pensées de l'adolescent.

– Je ne peux rien vous cacher… Je suis amoureux d'elle et j'ai peur pour sa vie…

– Pourquoi ?

– Parce que mes visions ont l'habitude de se réaliser… Et parce que Mahaude a un comportement étrange depuis quelques jours. Une seconde elle est souriante et s'amuse d'un rien, puis pouf ! elle devient distante et froide. L'autre soir, à la fête, nous avons passé de bons moments jusqu'à ce qu'elle oublie de venir me rejoindre et qu'elle aille se coucher sans m'avertir. Lorsque je l'ai questionnée à ce sujet, elle m'a dit souffrir de pertes de mémoire occasionnelles.

– Et maintenant, tu crois que sa vie est en danger…, réfléchit le vieux sage à voix haute. Hum…

– Vous croyez qu'il pourrait y avoir un lien entre ses pertes de mémoire et mes visions ?

– Je me le demande…

– Virgil ! s'exclama William, soulagé de reconnaître le gardien affecté à la surveillance du portail numéro 4.

Malgré son air sévère, Virgil était comme un second père pour les élèves du Collège. Il savait se faire respecter et il aimait profondément son travail, ainsi que tous les jeunes qu'il côtoyait au quotidien.

Surpris par l'arrivée impromptue des fugitifs, le gardien dégaina son épée et la pointa vers eux.

– Que faites-vous ? s'enquit Zelma en levant les deux mains pour montrer qu'il n'avait rien à craindre d'eux.

– Je n'aime pas avoir à agir ainsi, mais on m'a intimé l'ordre de vous intercepter si je vous voyais, répondit Virgil à contrecœur. Des gardes supplémentaires arriveront bientôt pour vous reconduire aux cachots. Je dois les contacter et aviser l'assistant de Goar.

– Attendez ! supplia l'adolescente, qui n'avait aucune envie que Sylvius s'en mêle. Nous avons besoin de votre aide !

– En fait, *Éloan* a besoin de votre aide, précisa William en espérant capter l'attention du surveillant.

– Je vous rappelle qu'Éloan a disparu il y a très longtemps. Je ne vois donc pas en quoi…

– Il est toujours vivant ! l'interrompit William. Et nous savons où il est retenu prisonnier !

Le scepticisme se peignit sur les traits de l'homme, qui porta une main à sa longue barbe blanche.

– Maxime est avec lui en ce moment ! renchérit Zelma. Pour annuler le sortilège qui l'empêche de s'enfuir, nous devons sortir le manuscrit de Kattenga de la géode.

– Il n'en est pas question ! tonna Sylvius qui arriva sur les entrefaites, accompagné de son fidèle fier-à-bras, Vince.

Une épée à la main, la brute prenait un malin plaisir à menacer les fugitifs.

– Puisque Goar a dû quitter le Collège il y a quelques minutes, JE prends les décisions en son absence et aucune demande de la part des fugitifs ne sera acceptée, répliqua Sylvius d'un ton ferme. Vince, escorte-les au cachot et enchaîne-les !

– Et que faites-vous d'Éloan ? insista Zelma en suppliant Virgil du regard.

Sylvius éclata de rire.

– Ohhh ! Que c'est mignon ! railla-t-il. Tu dois être vraiment naïve pour croire qu'il est toujours vivant !

– Il serait peut-être sage d'écouter ce qu'ils ont à dire, tenta Virgil, un peu sceptique.

– Vous, lorsque j'aurai besoin de vos conseils, vous en serez informé ! riposta l'adolescent, irrité.

Un ami fidèle

– Qu'est-ce qu'il a dit ? demanda Maxime en observant la scène silencieuse sur le mur d'eau de la grotte.

La discussion semblait houleuse entre Virgil et Sylvius.

– Ce cher Virgil ! Il a toujours su me servir fidèlement… Il y a longtemps qu'il occupe le poste de surveillant à l'école ; c'est moi qui lui ai offert cet emploi lorsque le Collège a ouvert ses portes.

Éloan eut soudain une idée.

– Je crois savoir comment le convaincre que je suis toujours de ce monde ! Fais parvenir un message télépathique à ton amie…

Zelma tressaillit, les yeux rivés au sol. William devina qu'elle recevait une communication télépathique.

– J'ai un message pour vous, Virgil !

Un silence s'installa dans le groupe.

– Le patron fait dire de lui garder quelques friandises…

– Le patron !? s'exclama le vieux gardien, étonné.

Un sourire étira ses lèvres. Seul Éloan savait que Virgil s'adressait à lui en utilisant ce surnom. C'était une façon de lui témoigner sa reconnaissance pour l'avoir employé. Zelma n'avait aucun moyen de connaître cette information, sauf si elle disait la vérité au sujet d'Éloan.

Avec surprise, Sylvius vit son arme voler dans les airs. Maîtrisant habilement la télékinésie, le vieux gardien s'en empara aussitôt pour contraindre Sylvius et Vince à pénétrer dans les serres, là où il pouvait les tenir à l'œil et où on ne penserait pas à les chercher. Par bonheur, les deux garçons ne possédaient pas encore la capacité de se téléporter sans l'aide des portails et ils ne pourraient pas se sauver.

– Vous finirez votre vie au cachot pour cette trahison ! le menaça Sylvius, alors que les lourdes portes se fermaient devant lui.

Un ami fidèle

Ensuite, Virgil donna à Zelma les clés accrochées derrière son bureau et il leur conseilla de filer au plus vite vers l'aile du grand sage. La voie était libre pour l'instant, mais d'autres gardes, alertés par les cris de Sylvius, ne tarderaient sûrement pas à rappliquer.

Tout s'était passé si vite qu'Imaëlle avait encore du mal à comprendre ce qui venait de se produire. Grâce à Mahaude, elles s'étaient téléportées sur une autre île, dans un boisé près du quai.

– Comment as-tu réussi un truc pareil ? s'étonna Imaëlle. Je croyais que seuls les grands sages étaient capables de se téléporter sans utiliser les portails !?

– Je suppose que j'ai réussi sous le coup de la peur…, répondit évasivement Mahaude.

– C'est tout de même incroyable ! Et où sommes-nous ?

– Près du portail numéro 7. Le quai est de ce côté, l'informa son amie en marchant dans la direction qu'elle indiquait.

Puis, sans crier gare, Mahaude se retourna et s'exclama, l'air paniqué :

– J'ai besoin de ton aide, Ima !

Désemparée par ce brusque changement d'attitude, Imaëlle voulut mettre une main sur l'épaule de la rousse.

– Non ! Surtout, ne me touche pas ! Il pourrait te faire mal !

– Quoi ? Qui ça ? De qui as-tu peur ?

Imaëlle avait du mal à comprendre son amie. Cette dernière retrouva alors son visage froid et distant, puis elle ordonna :

– Viens, suis-moi !

Son ton ne laissait pas vraiment place à la discussion…

– Vous devez être impatient de sortir d'ici, dit Maxime.

– J'arrive à peine à croire que je vais revoir la lumière du jour bientôt ! soupira Éloan avec émotion. Heureusement que Klept a été là pour moi pendant tout ce temps… sans sa compagnie, je serais devenu fou !

– Pourquoi le sort n'a-t-il aucun effet sur lui ? souleva le jeune homme.

– Vous devez avoir quelque chose en commun, tous les deux…, réfléchit Éloan.

– Moi et cette boule poilue ? Jamais de la vie ! protesta Maxime.

Comme s'il avait compris l'insulte, le marmouset poussa quelques cris puis se faufila vers la sortie.

– Peut-être es-tu aussi susceptible que mon petit ami primate ! ricana le grand sage.

– Dites donc, vous vous entendriez bien avec ma jumelle ! Elle adore me taquiner et me traiter de soupe au lait !

– Que viens-tu de dire ? s'exclama Éloan, les yeux écarquillés d'étonnement. Ta *jumelle* ? Pourquoi ne pas m'en avoir parlé avant !?

– Euh… J'aurais dû ? Quelle importance cela a-t-il pour vous ?

– Le sortilège des jumeaux…, énonça le grand sage, énigmatique.

– Qu'est-ce que c'est ?

– J'ai lu quelque chose à ce sujet dans un vieux grimoire de ma bibliothèque, lorsque j'étais grand sage. Cela fait plus de cinquante ans, mais si j'ai bonne mémoire, il s'agit d'un sortilège que des jumeaux peuvent se jeter entre eux. Personne ne peut le contrecarrer, à l'exception de quelqu'un qui possède également ce statut.

– C'est donc parce que je suis jumeau qu'il m'est possible de traverser le mur invisible ? Et qu'en est-il de Klept ?

– Il est fréquent pour les marmousets pygmées de porter deux petits à la fois, l'informa Éloan.

– Alors c'est toute une chance que ma sœur et moi ayons voyagé dans le temps, parce que vous seriez encore coincés ici pour plusieurs années ! Mahaude m'a expliqué que les bébés jumeaux ne survivent pas bien longtemps dans cette cité…

Un ami fidèle

– Arrrrgh ! Je n'arrive pas à y croire ! explosa tout à coup le vieil homme. Mon frère se serait donc arrangé pour éliminer tous les jumeaux nouveau-nés afin que personne ne puisse déjouer le sortilège qu'il m'a jeté ?!

Le grand sage s'était toujours douté du penchant de son jumeau pour le mal, mais il venait de prendre conscience qu'il était en fait un véritable meurtrier…

Zelma et William traversèrent au pas de course l'aile des apprentis. Quelques élèves les regardèrent passer avec ahurissement, sachant très bien qu'ils auraient dû se trouver aux cachots.

À deux doigts d'atteindre leur but, Zelma était si nerveuse qu'elle était incapable d'insérer la clé dans la serrure de la porte des appartements du grand sage. William lui vint en aide. Dès que la voie fut libre, Zelma fonça vers la pierre des anges, s'empressa de saisir le manuscrit de Kattenga et ressortit aussitôt. Elle avait imaginé qu'une sorte de « pop » sonore se ferait entendre ou qu'une vibration particulière lui confirmerait qu'ils avaient réussi leur mission, que le sort était désormais inactif. Rien de cela ne se produisit.

– Est-ce qu'on devrait le détruire ? demanda Zelma.

– Hum… Je ne crois pas que ce soit une bonne idée. Il renferme tant d'informations !

William proposa plutôt de cacher le manuscrit dans les rayonnages de la bibliothèque, à travers les centaines de livres aux reliures très semblables.

– Êtes-vous certain de ce que vous avancez ? Il est question de meurtres odieux ! grimaça Maxime. Il y a peut-être une autre explication à l'absence de jumeaux dans la cité…

– Je ne crois pas, malheureusement…

Éloan cacha son visage dans ses mains, pris d'un sanglot.

– Pourquoi votre frère vous haïrait-il autant ? demanda l'adolescent, stupéfait.

– J'ai eu la chance d'être élevé auprès de notre mère, tandis qu'il a été enlevé par un roi ignoble dès sa naissance. Celui-ci en a fait son serviteur jusqu'à ce que Goar s'enfuie avec le groupe de villageois que j'ai conduit dans cette cité.

– Mais vous n'y êtes pour rien ! s'insurgea Maxime. Il devrait plutôt vous remercier de l'avoir aidé à partir…

– Je sais… Toutefois, l'envie et la jalousie sont de puissants motivateurs. Avec le mur d'eau, mon jumeau voulait que je voie ce qui se passe dans *sa* cité, il voulait me montrer qu'il peut posséder tout ce que j'avais. Il est évident que ce n'était pas dans ses intentions de me tuer, puisque le sortilège a toujours fait apparaître, de façon régulière, de la nourriture pour subvenir à mes besoins. J'espère du fond du cœur que mon absence a pu le rendre heureux pendant quelques années…

– À votre place, je serais tellement en colère contre lui !

– La colère embrouille l'esprit et empêche nos vibrations de s'élever, tu sais. Et puis, avec le temps, j'ai fini par comprendre ce qui a le plus manqué à mon frère : l'amour. Il a probablement l'impression que notre mère l'a abandonné, même s'il sait qu'elle ne pouvait pas s'opposer à la décision du vil souverain. Et, pour couronner le tout, la seule femme que Goar ait jamais aimée était amoureuse de moi. Même après ma disparition, Gaële n'a jamais cessé d'espérer mon retour, ce qui a contribué à alimenter la haine et la jalousie de mon frère... Je ressens donc plus de pitié que de colère et je ne peux que lui souhaiter de connaître un jour un amour réciproque.

— Vous êtes un homme très sage..., observa Maxime.

— On ne me nomme pas le GRAND sage pour rien ! conclut Éloan avec le sourire.

— Regardez ! s'exclama tout à coup l'adolescent. Le mur d'eau a cessé de fonctionner !

— Tes amis ont réussi ! Le sortilège est hors fonction et je peux à nouveau utiliser mes pouvoirs !

— Génial ! Sortons d'ici, alors !

Sans un regard en arrière, Éloan quitta la grotte où il avait été captif si longtemps...

– 10 –

Retrouvailles

En chemin vers la sortie, Maxime envoya un message télépathique à Zelma et à William.

– *Hé, les amoureux ! Où êtes-vous ?*

– *Dans l'aile du grand sage, prêts à nous défendre contre quiconque voudra reprendre le manuscrit avant que vous soyez dehors !* répondit William.

Zelma leva les yeux au ciel ; elle trouvait que son petit ami en faisait un peu plus que nécessaire.

– *Alors, est-ce qu'Éloan a réussi à s'échapper ?* s'enquit l'adolescente aux mèches mauves.

– *Ce n'est plus qu'une question de secondes avant qu'Éloan soit un homme libre !* l'informa Maxime.

– Est-ce que tu es au courant pour Ima et Mahaude ? Virgil vient tout juste de nous annoncer par télépathie qu'elles ont échappé à Goar.

– Génial ! Nous les retrouverons plus tard... Pour l'instant, il faut que vous partiez à votre tour ! Rendez-vous au portail du lac. Mais attendez mon signal : dès qu'on aura maîtrisé le garde et que la voie sera libre, je vous ferai signe.

– Je vous dois une fière chandelle, les jeunes ! s'exclama Éloan lorsqu'il eut traversé le mur invisible et qu'il tomba face à face avec Mégan, Demian et Thomas.

Tous l'acclamèrent à grands cris de joie. Il y avait de quoi célébrer : celui qui pouvait les aider à retourner dans le futur était enfin libre !

– Goar ferait mieux de profiter de ses derniers moments de liberté ! lança Maxime. Dès qu'ils sauront ce qu'il vous a fait endurer pendant toutes ces années, je suis certain que les Éloaniens voudront l'envoyer au cachot pour très long-temps.

– Oui, mais pour l'instant, nous avons un problème plus urgent à régler, rétorqua Éloan.

Retrouvailles

Maxime m'a informé que le septin a été volé et notre priorité est de le retrouver avant mon jumeau. Cette pierre renferme un immense pouvoir et elle ne doit pas tomber entre ses mains.

– Peut-être est-il déjà en sa possession ? craignit Demian.

– Je ne crois pas. Connaissant mon frère, vous seriez déjà de retour aux cachots si tel était le cas.

– S'il récupère le septin avant nous, vous craignez qu'il vous enferme à nouveau ? s'inquiéta Thomas.

– J'ai peur qu'il fasse bien pire, mon cher ami…

Au garde-à-vous près du portail numéro 6, le soldat avait reçu l'ordre de surveiller les environs et d'aviser le grand sage Goar ou son assistant s'il apercevait les jeunes fugitifs. Jusqu'à maintenant, c'était le calme plat sur l'île. Il avait bien tenté de faire la lumière sur le « plouf » entendu un peu plus tôt, mais il n'avait pas pu en trouver l'origine.

Soudain, un cri aigu s'éleva à travers la végétation abondante, le faisant sursauter. Les perroquets de l'endroit avaient l'habitude d'émettre une grande variété de cris pour communiquer, mais ce hurlement était inhabituel. Le cri se répéta et s'intensifia à un tel point que le soldat dut se boucher les oreilles avec les mains. Il quitta son poste, déterminé à découvrir ce qui avait déclenché l'hystérie sonore. Au moment où il leva la tête vers le volatile responsable de tout ce boucan, il reçut un violent coup derrière le crâne et s'affala de tout son long. Éloan n'eut qu'à lever un doigt pour que l'oiseau retrouve son calme.

– Wow ! Vous avez le tour avec les animaux ! siffla Thomas, impressionné.

– Dis donc, Demian, tu n'y es pas allé de main morte avec cette branche ! s'exclama Maxime.

– Il aura sûrement une sacrée prune demain ! répondit le principal intéressé en lâchant le bout de bois qu'il tenait encore.

Maxime contacta William et Zelma, qui les rejoignirent en peu de temps.

– Et maintenant, quel est le plan ? s'impatienta Maxime. On doit faire vi…

Il cessa brusquement de parler, les yeux rivés au sol. Tous devinèrent qu'il avait une nouvelle vision. Lorsqu'il revint à lui, l'inquiétude pouvait se lire sur son visage :

– Mahaude ! Elle est de nouveau en danger de mort !

Imaëlle suivait son amie sans trop savoir ce qu'elle avait en tête. Pour l'heure, Mahaude semblait méfiante et elle gardait le silence.

L'adolescente aux cheveux bruns tentait toujours de trouver une explication rationnelle au comportement étrange de la copine de son frère lorsque le garde responsable de la surveillance du portail numéro 7 se dressa devant elles, mettant un terme à leur progression. Le garde saisit Mahaude par le bras et la menaça de la pointe de son épée. Imaëlle n'eut d'autre choix que de lui obéir, si elle ne voulait pas qu'il la blesse.

« Comment a-t-il fait pour nous retrouver aussi vite dans la forêt ? » se demanda Imaëlle.

Bien malgré elle, l'adolescente ne pouvait s'empêcher de penser que Mahaude les avait conduites directement dans la gueule du loup… Elle se sermonna aussitôt. Pourquoi prêtait-elle de mauvaises intentions à son amie ? Après tout, Mahaude était en aussi mauvaise posture qu'elle…

L'homme entraîna les filles sur le quai.

Quelques secondes plus tard, Goar se matérialisait à leurs côtés.

– Ce n'est pas très poli de disparaître ainsi sous mes yeux ! lança le grand sage. Et sans me donner ce que je veux…

– Tant que je vivrai, jamais vous ne l'aurez ! s'écria Mahaude d'une voix grave qui ne lui ressemblait pas.

Imaëlle dévisagea son amie, perplexe. Le ton de sa voix et son air menaçant lui avaient donné des frissons. Se pouvait-il qu'elle ait le septin en sa possession ? Imaëlle avait de la difficulté à croire à cette hypothèse. Malgré tout, cela expliquerait pourquoi elles avaient réussi à se téléporter… Mais pour quelle raison Mahaude aurait-elle volé la précieuse pierre ? Pour obtenir plus de pouvoirs et prendre la place du grand sage ? Alors pourquoi ne pas s'en être servie pendant le duel et s'assurer la première place ? Toute cette histoire n'avait aucun sens…

– Mahaude, qu'est-ce qui se passe ? s'enquit Imaëlle, la voix tremblotante.

– Goar n'a pas l'intention d'utiliser le septin pour réactiver le Zéphir…

– Non, en effet, j'ai plutôt l'intention de vous tuer toutes les deux, je peux bien vous l'avouer, rétorqua le grand sage. Grâce aux pouvoirs du septin, je compte prouver à tous que je suis l'homme le plus puissant de cette cité. Plus personne ne pourra en douter, je vous l'assure !

– N'y compte pas trop ! Je vais te régler ton compte, espèce d'abruti ! le menaça Mahaude.

La jeune fille timide qu'Imaëlle affectionnait tant s'était complètement transformée. À un tel point que même sa physionomie avait changé : ses yeux verts avaient pris une teinte plus foncée, presque noire.

– Tue-la, ordonna Goar au garde.

Mahaude tenta de se dégager, mais le garde fut plus rapide qu'elle : il l'agrippa de nouveau et appuya plus fortement la lame de son épée sur son cou.

– NON ! s'écria Imaëlle. Mahaude, tu peux te téléporter, alors qu'attends-tu ?!

C'est alors que l'adolescente remarqua l'expression sur le visage de Mahaude : elle ne semblait pas le moins du monde effrayée. Ne devrait-elle pas être en train de supplier Goar de lui laisser la vie sauve ? « Étrange… », se dit Imaëlle.

Pour sa part, Goar savait qu'il aurait suffi à la jeune fille d'utiliser l'énergie du septin pour le blesser gravement. De toute évidence, elle n'avait aucune idée de la puissance inestimable du prisme, sinon elle se serait débarrassée de lui depuis longtemps ! L'ignorance jouait en faveur de Goar…

– Mahaude, si tu as le septin, remets-le-lui ! la supplia Imaëlle.

Retrouvailles

– Il n'en est pas question !

Le septin avait une grande valeur aux yeux d'Imaëlle, puisqu'il était nécessaire au voyage dans le temps. Quant à Mahaude, elle devait avoir une autre raison de risquer sa vie pour le conserver…

Dès que les six jeunes et Éloan se matérialisèrent près du quai, Maxime sut qu'ils étaient au bon endroit. La scène qui se déroulait devant leurs yeux était en tout point identique à sa vision. La lame de l'épée d'un garde s'enfonçait dans la gorge de la jeune fille et un mince filet de sang allait se perdre dans son corsage. En pleurs, Imaëlle suppliait Goar d'épargner son amie.

– Laisse cette enfant tranquille, mon frère !

La voix d'Éloan fit sursauter son jumeau.

– Éloan ! Qu'est-ce que tu fais là ? s'étonna Goar, hébété.

Occupé à poursuivre les deux adolescentes pour récupérer le septin, Goar ne s'était pas rendu compte qu'une fois de plus, le sort était inactif depuis un moment. Il se maudit d'avoir commis une telle erreur.

– Profite bien de ta brève liberté, car ce n'est qu'une question de temps avant que je me débarrasse de toi pour de bon ! Dès que j'aurai le septin, je t'éliminerai. Quant aux jeunes qui t'ont aidé à t'évader, ils seront les prochains ! En attendant, vous arrivez juste à temps pour assister au spectacle. Ouvrez grand les yeux et observez bien ! Voilà ce qui arrive à ceux qui refusent de m'obéir !

À l'instant où le garde allait occire la belle rousse, son épée prit une vive couleur orangée. Il la lâcha brusquement, comme si elle venait de lui brûler les mains.

Goar jura lorsqu'il remarqua que Mahaude avait profité de la diversion pour se téléporter.

– Tu ne perds rien pour attendre, Éloan ! se fâcha Goar. Dès que je l'aurai retrouvée, je m'occuperai personnellement de toi !

Puis il disparut à son tour. Quant au garde, il s'empressa de filer en utilisant le portail numéro 7.

Retrouvailles

– Est-ce que ça va ? demanda Demian, qui s'était fait du mauvais sang pour Imaëlle.

L'adolescente acquiesça lentement, incapable de faire cesser les tremblements nerveux qui l'agitaient de toutes parts. Le Portoricain la serra dans ses bras pour la rassurer.

En temps normal, Maxime aurait taquiné sa sœur en voyant un garçon l'enlacer ainsi, mais il était si inquiet pour Mahaude que cela ne lui vint même pas à l'esprit.

– Je ne comprends pas ! Mahaude ne ferait pas de mal à une mouche ! s'indigna-t-il. Pourquoi Goar voulait-il la tuer ?

– Quiconque possède de grands pouvoirs pourrait vous confirmer que l'énergie dégagée par le septin est aussi facile à repérer qu'une lune dans un ciel sans nuage, expliqua Éloan. J'ai moi-même remarqué qu'une énergie considérable se dégageait de la jeune rousse, ce qui prouve que le septin est bel et bien en sa possession.

Imaëlle comprenait maintenant pourquoi Goar les avait retrouvées aussi rapidement, son amie et elle.

– Quoi ?!? Vous l'accusez de l'avoir volé ? s'insurgea Maxime, qui n'arrivait pas à y croire.

– Pour quelle raison aurait-elle fait ça ? voulut savoir Thomas.

– C'est ce qui reste à découvrir... Et puis, quelque chose cloche, réfléchit Éloan. Le septin peut décupler ses pouvoirs. Elle n'avait donc aucun besoin que j'intervienne pour s'échapper. Pourtant, si je n'avais rien fait, elle ne serait plus de ce monde...

Éloan joignit les mains et ferma les yeux un instant.

– À quoi pensez-vous ? demanda Demian.

– Je viens d'avoir une vision. Pour comprendre le comportement étrange de votre amie, je dois me rendre dans la cinquième dimension.

– Mais... avec le corridor de lumière inutilisable, comment comptez-vous vous y prendre ? souleva William.

– Avez-vous remarqué que les quentins se trouvent toujours sur les portails à notre époque ? émit le vieil homme.

Retrouvailles

Les jeunes se tournèrent vers le portail numéro 7. La pierre rose y était effectivement encastrée. Zelma se souvenait avoir vu un quentin sur le portail numéro 6 à leur arrivée, pendant qu'ils se rendaient à la salle du conseil pour être jugés.

– Ce sont ces pierres qui vous ont servi à créer le septin dans le futur. Et c'est votre septin que Mahaude possède. Cependant, les quentins initiaux peuvent être utiles pour nous aider à créer un deuxième septin et régénérer temporairement le Zéphir. Mégan, nous voyagerons ensemble, car j'aurai besoin de ton aide...

– Super ! s'excita Mégan, ravie.

– Puisque toi et Mahaude avez la même âme, tu pourras consulter la bulle de mémoire qui est vôtre et découvrir ce qui lui arrive.

– Alors, allons chercher ces quentins sans plus tarder ! lança Maxime, impatient de revoir Mahaude.

– Avant tout, nous devons établir un plan, nota Éloan. Les portails sont tous surveillés par des gardes armés et je n'ai pas l'intention de vous laisser risquer vos vies…

– Mais vous ne pouvez pas récupérer les pierres à notre place ! protesta Maxime.

– Tu as raison. Par contre, vos âmes jumelles le peuvent, elles. Je vous propose donc un marché. Nous allons nous rendre aux cachots pour les délivrer. Ensuite, Gaële, Xavier, Matis, Azalée, Wyllem et Demitri affronteront les gardes pour récupérer les quentins. Ils vous doivent bien ça, vous ne croyez pas ?

– Gaële n'aura pas besoin de venir ici…, mentionna Imaëlle en prenant d'emblée la pierre sur le portail numéro 7.

– Et le quentin de Mahaude ? demanda Maxime. Qui ira le récupérer aux cachots ?

– Mégan pourra le prendre lorsque je me serai assuré que les gardes sont maîtrisés, les informa Éloan. Oh ! J'oubliais ! Avant de rejoindre les membres du Cercle, j'aimerais que chacun de vous se procure une arme…

– *Cool !* l'interrompit William, qui avait toujours rêvé de manier l'épée.

– La plupart de nos pouvoirs étant inactifs dans les cachots, nous devrons nous défendre autrement. Toutefois, comprenez-moi bien, ce n'est pas pour vous battre que je vous propose cette arme. Je veux plutôt qu'elle soit un moyen de protection à utiliser en dernier recours.

– Je m'en occupe, proposa Thomas.

L'adolescent ferma les yeux et chercha à visualiser les objets qu'il voulait attirer à lui. Soudain, les cris de surprise de ses amis lui firent perdre sa concentration et il rouvrit les yeux.

Une trentaine d'épées reposaient aux pieds des jeunes, abasourdis.

– Tu ne pouvais pas être plus précis dans ta requête ?! s'écria Zelma. Tu aurais pu nous tuer avec toutes ces armes !!

Une des épées avait effleuré le mollet de l'adolescente et il s'en était fallu de peu pour qu'elle touche son pied.

– Oups ! Je suis désolé ! Mais faire bouger des objets sans savoir d'où ils proviennent ni en quel nombre, ça entraîne parfois des surprises…, se défendit Thomas.

– Au moment opportun, j'aurai deux ou trois conseils utiles pour t'aider à maîtriser ton pouvoir de télékinésie, proposa Éloan, sourire en coin.

– Tu devrais accepter son offre ! l'encouragea Zelma en refusant l'arme que Thomas lui tendait. Non merci, pas d'épée pour moi. Après tout, n'est-ce pas aux hommes de défendre les dames ?

Lorsque le groupe se matérialisa près du portail numéro 5, l'effet de surprise leur donna un léger avantage sur les quatre gardes qui y étaient postés. Éloan assomma rapidement l'un d'eux, mais les autres eurent le temps de dégainer leur épée. Le vieil homme rappela aux jeunes de rester derrière lui.

Habile au maniement d'armes, le grand sage esquiva de justesse un coup porté à l'épaule, puis il réussit à désarmer son adversaire. L'épée glissa sur le sol et s'arrêta aux pieds de Zelma.

Retrouvailles

Malgré les avertissements d'Éloan et sur un coup de tête, l'adolescente s'empara de la lame, bien plus lourde qu'elle ne l'aurait cru, et rejoignit le grand sage.

– ZELMA ! Tu es complètement cinglée ! s'écria William, qui alla lui prêter main-forte.

Le jeune homme para l'attaque d'un des gardes, qui tentait de s'en prendre à son amie. N'ayant pas anticipé que le coup se répercuterait jusque dans son épaule, il faillit échapper son épée. Il était tellement plus facile de se battre en jouant à des jeux vidéo que de le faire en chair et en os avec de vraies armes qui pèsent une tonne !

La pointe de l'épée de son adversaire effleura la joue de William et, grâce à l'adrénaline, celui-ci trouva la force nécessaire pour relever son arme et attaquer. Le garde voulut éviter le coup et il recula d'un pas, se retrouvant adossé à la porte d'une cellule.

– Bien joué, Will ! se réjouit Zelma, impressionnée par sa force.

Matis saisit l'homme par les cheveux en passant le bras à travers les barreaux du judas. D'un coup sec, il l'assomma sur la porte de métal.

Le garde glissa jusqu'au sol, inconscient. Imaëlle et Zelma remarquèrent alors le trousseau qui pendait à son ceinturon.

Pendant qu'Éloan combattait le dernier garde armé et que les garçons tenaient en respect son collègue désarmé, les deux adolescentes se précipitèrent vers l'homme que venait d'assommer Matis pour lui voler les clés de la cellule de leurs âmes jumelles.

Après plusieurs essais infructueux, Imaëlle trouva enfin la bonne clé. La porte de la cellule s'ouvrit. Xavier, Matis, Demitri et Wyllem s'empressèrent d'aider le grand sage à maîtriser pour de bon les gardes qui résistaient encore, puis ils les enfermèrent dans une cellule pour les empêcher d'alerter quiconque.

– Psst ! Regarde comme ils sont beaux ! fit Zelma en donnant un coup de coude à Imaëlle pour attirer son attention vers Éloan et Gaële.

Le vieux sage tenait les mains de sa douce dans les siennes et ne la quittait plus des yeux. Ils étaient enfin réunis après toutes ces années !

Retrouvailles

– J'attendais ce moment depuis tellement longtemps ! murmura Gaële avant de se jeter dans les bras de l'homme de sa vie.

Émue aux larmes par la scène, Azalée voulut serrer Wyllem dans ses bras, mais une puissante douleur lui fit échapper un gémissement.

– Ma chérie, est-ce que ça va ? s'inquiéta Wyllem.

Même si la grossesse d'Azalée se déroulait somme toute assez bien, les derniers jours avaient été épuisants et la fatigue s'accumulait.

– Oui, tout va bien, tenta-t-elle de le rassurer. Je crois que c'est le travail qui commence…

– QUOI ? TU NE PEUX PAS ACCOUCHER ICI !! paniqua le futur papa.

– Calme-toi ! lança Azalée. Je n'ai eu qu'une seule contraction jusqu'à maintenant.

Éloan expliqua son plan aux adultes et ceux-ci acceptèrent sur-le-champ d'aider leurs jeunes amis en formant un deuxième septin.

– Et que faites-vous d'Azalée ? lança Gaële. Elle pourrait accoucher d'un moment à l'autre !

– J'aurai le temps de prendre mon quentin avant, les rassura la jeune femme.

– Dès qu'elle sera de retour, je l'emmènerai au santérium, proposa Demitri. Elle pourra mettre son enfant au monde en toute sécurité. Mais nous devrons d'abord maîtriser le garde posté au portail numéro 3. En allant chercher mon quentin, je m'arrangerai pour qu'il me voie et me suive ici. Il ne vous restera plus qu'à l'enfermer dans l'une de ces cellules.

Le guérisseur affirma que ses collègues sauraient garder le secret quant à leur présence au santérium. Ils ne seraient donc pas importunés par les soldats de Goar pendant l'accouchement.

– Hum… où est la pierre qui devrait se trouver ici ? fit Xavier en pointant le portail des cachots.

– Si ce n'est pas Mégan qui l'a prise, ça ne peut être que Mahaude, réfléchit Éloan.

Retrouvailles

– Six pierres sur sept… Est-ce suffisant pour que le corridor de lumière vous permette de voyager vers la cinquième dimension ? nota Wyllem.

– C'est ce que nous verrons…, soupira Éloan.

Opération délicate

– Que ferez-vous des autres gardes postés près des portails ? s'inquiéta Imaëlle pendant que les adultes passaient leur plan en revue.

– Sois sans crainte, dit Éloan. L'opération ne devrait durer que quelques secondes, puisque vos âmes jumelles sont expertes en téléportation. Les gardes ne remarqueront probablement pas leur présence.

Il se tourna vers Matis, Xavier, Wyllem, Azalée et Dimitri et poursuivit à leur intention :

– Et si jamais il y a plus d'un garde qui décide de vous suivre ici, nous les attendrons de pied ferme ! L'opération devrait se dérouler sans anicroche.

– En plus, il y a suffisamment de cellules inoccupées pour tous les enfermer ! observa Zelma, enthousiaste.

– Il n'y a plus un instant à perdre, reprit Éloan. Je vous souhaite bonne chance !

Azalée fut la première à quitter les cachots, en compagnie de Wyllem. Son mari avait insisté pour l'accompagner. Ils avaient l'intention de récupérer d'abord la pierre d'Azalée, et ensuite la sienne. Xavier quitta les cachots à son tour, suivi de Matis et de Demitri.

Celui-ci fut le premier à réapparaître.

– Attention ! Le soldat qui surveillait le portail du santérium me suit de près !

Effectivement, l'homme se matérialisa quelques instants plus tard à leurs côtés. Il fut rapidement désarmé par Éloan et conduit dans une cellule.

– Je suis inquiète pour Azalée, avoua Zelma. C'est long, il me semble…

– N'oublie pas qu'ils avaient deux quentins à prendre, mentionna Gaële.

Opération délicate

Xavier revint à son tour.

– Le soldat qui surveillait le portail numéro 6 était déjà assommé…, mentionna-t-il. Je n'ai rien eu à faire. C'est étrange…

– Il est toujours dans les vapes ? s'inquiéta Demian en regrettant d'avoir frappé l'homme aussi fort à la tête. C'est ma faute…

– Il avait repris conscience, ne t'en fais pas, mais il n'en menait pas large. Une chose est sûre : il ne me suivra pas jusqu'ici !

À son arrivée, Matis fit signe aux autres d'abaisser leurs armes. Il lui avait été facile de récupérer le quentin sur le portail numéro 2, car le garde était posté un peu à l'écart sur la plage et il regardait dans une autre direction.

Quant à Azalée et à Wyllem, leur absence prolongée n'augurait rien de bon…

Lorsque Wyllem et sa femme se matérialisèrent sous le phare, ils entendirent par télépathie : « *La cité d'Éloan vous souhaite au revoir.* »

Au même moment, une contraction beaucoup plus forte que les précédentes secoua Azalée, qui ne put retenir un cri de douleur. Le soldat du portail numéro 1 les repéra aussitôt. Wyllem fit office de bouclier en se plaçant entre sa femme et l'homme.

— Vous devez nous laisser partir ! l'implora-t-il. Ma femme va accoucher dans les prochaines heures…

— C'est hors de question ! Je vais avertir Goar, il sera ravi !

Impuissant, Wyllem bouillait de colère. Les contractions d'Azalée semblaient s'intensifier et il était impensable qu'ils retournent au cachot. Hors de question que l'accouchement ait lieu dans cette pièce froide et humide…

Soudain, Azalée le contourna pour avancer vers la lame du soldat. Elle avait reconnu l'homme et elle savait qu'il venait tout juste d'être papa. Son poupon avait à peine quelques mois.

— Non ! N'avance pas ! tenta de s'interposer Wyllem.

– Il ne me fera aucun mal, insista Azalée en approchant inexorablement son ventre de l'arme effilée.

Comme elle l'espérait, le soldat fit un pas en arrière par peur de les blesser, elle ou l'enfant.

– Ne bougez plus ! ordonna-t-il nerveusement, l'épée tremblant entre ses mains.

Azalée continua son manège jusqu'à ce qu'elle atteigne le quentin en haut du portail. Le soldat fut stupéfait de voir le cristal apparaître au contact des doigts de la jeune femme. Jamais il n'avait soupçonné l'existence d'une pierre à cet endroit ! La future maman profita de ce moment de distraction pour appuyer sur le bouton du portail numéro 4. De l'autre main, elle agrippa son mari et tous deux quittèrent l'endroit ensemble.

Le couple se matérialisa à l'école et tomba face à face avec Virgil.

– Comme je suis content de vous voir ! s'exclama le gardien en abaissant son arme. Je ne sais pas si vous êtes au courant, mais...

– Si c'est au sujet d'Éloan, oui, nous savons, le coupa Wyllem.

– Il est réellement de retour, alors ?

– Oui et nous sommes dans les ennuis jusqu'au cou ! Un garde est à nos trousses !

Au même moment, le garde du portail numéro 1 se matérialisa près du portail. Vif comme l'éclair, Virgil utilisa la garde de son épée pour lui asséner un coup par-derrière.

– Allez-y pendant que je m'occupe de cacher son corps ! les pressa le gardien.

Wyllem saisit son quentin, puis il enfonça le bouton qui les mènerait aux cachots. Aussitôt qu'ils furent partis, Virgil brouilla les pistes en pressant un autre bouton sur le portail.

– Les voilà enfin ! soupira Gaële avec soulagement lorsque le couple se matérialisa devant elle.

En voyant la pâleur extrême d'Azalée, Demitri s'écria :

– Il n'y a plus une minute à perdre, nous devons nous rendre au santérium !

Opération délicate

Tous souhaitèrent bonne chance à la future maman.

– Je crois que vous en aurez davantage besoin que moi, fit Azalée avant de disparaître, escortée de son mari et du guérisseur en chef.

Avant qu'ils ne partent, Gaële avait récupéré les trois quentins de ses anciens élèves et elle les plaça sur les autres morceaux qui avaient déjà fusionné. Les pierres s'imbriquèrent parfaitement les unes dans les autres pour former un prisme quasi octogonal, presque identique à celui que les jeunes avaient utilisé pour voyager dans le temps. Seul le trou laissé par la pierre manquante de Mahaude leur rappela l'absence de leur amie.

Même si la journée tirait à sa fin, Éloan décida de ne pas attendre que les Éloaniens soient endormis pour passer à l'action. Il avait confiance en son peuple et savait qu'aucun villageois ne l'empêcherait d'agir. Il devait seulement trouver un moyen d'éloigner les gardes qui surveillaient le Zéphir. Pour avoir observé la place centrale à maintes reprises sur le mur d'eau de sa grotte, il connaissait la position de chacun d'eux.

– Je m'en charge, proposa Xavier.

– Je t'accompagne ! l'appuya Matis. Nous ne serons pas trop de deux pour faire diversion. Attendez notre signal !

Pieds nus et vêtu d'une chemise défraîchie, Éloan ne passerait pas inaperçu sur la place centrale. William lui offrit donc sa tunique et ses souliers.

– Comment on voyage avec la pyramide ? demanda Mégan au grand sage. Je n'ai pas vu des boutons comme sur les portails.

La surface du Zéphir – l'immense pyramide de quentin d'environ deux mètres de hauteur par autant en largeur qui siégeait au centre de la place centrale – était lisse sur quatre faces.

– Étant donné qu'il nous conduit à l'extérieur de la cité, le Zéphir fonctionne différemment. Un simple contact de la main sur sa surface est suffisant pour avoir accès à la cinquième dimension.

– Est-ce que vous y êtes déjà allé avant ?

– À de nombreuses reprises. Ne sois pas inquiète, je te guiderai…

Opération délicate

Après le départ de Xavier et de Matis, et pour détendre un peu l'atmosphère, Éloan demanda à la blague aux adolescents de prendre soin de Gaële pendant son absence. Tous savaient très bien que la vieille dame possédait plus de pouvoirs qu'eux six réunis, mais ils le rassurèrent en riant.

Aussitôt le signal tant attendu reçu, Éloan saisit la main de Mégan et ils se téléportèrent sur la place centrale, au beau milieu de la foule d'Éloaniens qui s'y trouvait en permanence durant la journée. Éloan avait espéré qu'ils puissent se fondre dans la masse, mais ils furent rapidement repérés et pointés du doigt. Les gens reconnaissaient la fillette, alors que le vieil homme à ses côtés leur était étranger. Deux dames apeurées rassemblèrent leurs enfants et s'empressèrent de rentrer chez elles.

Éloan remarqua la faible lueur qu'émettait le Zéphir en perte d'énergie. Il espérait que le septin incomplet produirait suffisamment d'énergie pour leur permettre d'accéder à la cinquième dimension. Il fouilla dans sa poche et s'empara de la pierre rose. Sans perdre un instant, il l'inséra dans la cavité qui se situait à la base de la pyramide.

L'intensité lumineuse redoubla d'ardeur, créant un mouvement de confusion sur la place centrale. La plupart des Éloaniens applaudissaient et sautaient de joie. Alertés par les cris, plusieurs gardes débouchèrent sur la place centrale. Ils tentaient de se frayer un chemin à travers la foule de curieux qui s'agglutinait autour du Zéphir.

L'agitation rendit service à Éloan et Mégan. Sourire aux lèvres, le vieil homme tendit une main à la fillette et plaça l'autre sur la pyramide de cristal rose. Aussitôt, ils sentirent leur corps devenir très léger…

Pour se mouvoir à l'intérieur du corridor de lumière, il était essentiel que le corps physique soit du voyage. Le procédé était plus facile à maîtriser et totalement différent du voyage astral, où seul l'esprit voyageait. Heureusement, Mégan était encore jeune et elle possédait un pouvoir inné pour augmenter ses vibrations intérieures. Ce pouvoir disparaîtrait le jour de son septième anniversaire. À partir de cet âge, les enfants devaient apprendre à maîtriser leurs pouvoirs s'ils voulaient les conserver.

Opération délicate

Aspirée vers le haut, Mégan avait l'impression d'être dans un ascenseur aux vitres transparentes. Elle pouvait voir la place centrale rapetisser à mesure qu'elle montait. Puis la cité disparut de son champ de vision et des milliers de bulles de couleur se mirent à tournoyer dans le corridor.

– Que c'est beau ! Est-ce que ce sont les bulles de mémoire ? s'enquit Mégan.

– Chacune de ces sphères appartient à une âme différente, répondit le grand sage. Elles contiennent l'ensemble des connaissances que chaque âme a acquises depuis le début des temps. Toutes les expériences de chaque vie passée y sont inscrites.

Après quelques secondes, le duo émergea au centre d'un dôme d'un blanc immaculé, supporté par des colonnes de pierre. Une quantité impressionnante de sphères multicolores tournoyaient toujours autour d'eux.

Un ange se matérialisa à leurs côtés. L'être lumineux et translucide portait une longue tunique blanche qui touchait pratiquement à l'épais brouillard blanc, semblable à un nuage, sur lequel il marchait. Un halo de lumière bleue, de la forme d'une paire d'ailes, irradiait de cet être sans âge.

– Bonjour à vous, terriens. Mon nom est Danakel. J'aimerais connaître la raison de votre présence dans la cinquième dimension, leur demanda l'ange.

– Mes salutations à vous. Je suis Éloan et voici Mégan. Nous devons absolument consulter la bulle de mémoire de mon amie…

Il n'eut même pas à expliquer davantage sa demande ; la permission lui fut accordée sur-le-champ.

– En général, les humains ne sont pas autorisés à consulter leur bulle de lumière pendant l'incarnation terrestre, et ce, pour éviter que ce qu'ils y verront n'influe sur la vie en cours et les suivantes. Néanmoins, cette fois, il s'agit d'une situation exceptionnelle…

L'ange s'adressa à Mégan :

– Je t'invite à prendre ta bulle de mémoire, petite.

– C'est laquelle, la mienne ? voulut savoir Mégan.

– Toi seule peux la reconnaître, déclara l'être céleste. En fait, même si tu n'en conserves aucun souvenir, tu as déjà consulté cette sphère à plusieurs reprises dans le passé, chaque fois que tu t'es retrouvée en transit dans la cinquième dimension.

Devant l'air interrogateur de la fillette, Éloan précisa.

– « En transit » signifie lorsque tu as terminé une vie sur Terre.

– Quand on est mort ?!

Éloan confirma d'un hochement de tête et poursuivit :

– Il est nécessaire de prendre connaissance de notre bulle de mémoire pour choisir la famille et l'endroit où nous nous réincarnerons dans la vie suivante. Ainsi, nous pouvons compléter nos apprentissages ou régler des conflits laissés en suspens dans les vies antérieures.

Mégan regardait les globes roses, mauves et jaunes qui flottaient près d'elle. Derrière Éloan, une sphère orangée, beaucoup plus lumineuse que les autres, attira alors son attention. Elle s'avança sur l'épais brouillard et la saisit. Elle remarqua aussitôt qu'elle pouvait voir à l'intérieur du globe et qu'un tourbillon de vapeur blanche tournoyait en son centre.

– Je suis certaine que c'est la mienne ! s'exclama la fillette.

De peur d'endommager sa bulle, Mégan la tenait avec précaution. Une agréable sensation l'envahit de la tête aux pieds, un peu comme quand elle mangeait du chocolat, dont elle raffolait !

– Veuillez me suivre, jeune fille. Éloan, vous êtes autorisé à venir.

L'être céleste se dirigea vers une porte qui s'était matérialisée sur sa gauche. La fillette entra dans une pièce très sombre. Au centre, une lumière fluorescente bleutée irradiait d'une sorte de fontaine. En s'approchant, Mégan vit un jet d'eau couler doucement au centre d'une vasque circulaire.

L'ange informa Mégan qu'elle devait placer sa bulle de mémoire dans le bassin. Le jet d'eau imprima aussitôt un mouvement de rotation au globe, qui projeta alors plusieurs dizaines d'images autour de la fillette. L'ange lui expliqua que chacune d'elles représentait une vie différente. Éloan lui rappela que c'était la vie de Mahaude qui les intéressait. Mégan eut un pincement au cœur lorsqu'elle vit apparaître sa mère, sur l'une des images. Sa mère bien-aimée qui se trouvait toujours au camping Le Phare. Elle lui manquait tellement…

– Je te promets que tu la retrouveras bientôt, lui chuchota Éloan.

Mégan ravala ses larmes et se concentra sur les nombreuses vies qui l'entouraient. Au bout d'un instant, elle vit Mahaude menacée par Goar, comme cela s'était produit quelques heures auparavant.

– La voilà ! s'exclama-t-elle.

Sur la consigne de son ange gardien, la fillette posa son doigt sur l'image virtuelle et fit glisser l'image vers la droite. Elle put ainsi revenir plusieurs jours en arrière… Elle vit Mahaude au Collège des apprentis, seule dans sa chambre.

– Ima et Zelma devraient être là, elles dorment dans son dortoir ! s'étonna Mégan.

— Je crois que vous n'étiez pas encore arrivés dans la cité, conclut Éloan. Tu peux commencer à avancer lentement dans le temps…

— Oh, me voilà ! s'exclama la rouquine lorsqu'elle vit son visage à travers les yeux de Mahaude.

Ils assistèrent ensuite au duel jusqu'au moment où Mahaude fut conduite au santérium après avoir été gravement blessée sur la falaise. Dans la même soirée, elle obtenait son congé de Demitri pour accompagner monsieur Adam chez une femme qui était sur le point d'accoucher.

Mégan se préparait à avancer l'image, mais Éloan lui demanda d'attendre. Il venait de remarquer une étrange forme noire et floue à côté du bébé qui naissait sous leurs yeux.

— Je me demande ce que…, commença Éloan.

— Il s'agit d'un ange, compléta Danakel.

— Les anges ne sont pas de cette couleur, remarqua le vieil homme. Vous êtes toujours d'une blancheur immaculée.

— Hum… alors disons qu'il *s'agissait* d'un ange. Il a cette couleur, car il a été déchu.

– Et que fait-il là ? questionna Éloan.

– Il s'apprête à subir le châtiment que nous lui avons infligé, soit celui de devenir mortel.

– Alors, cette âme noire…

– … c'est Nathaniel, l'informa l'être de lumière.

– Ah non ! Pas encore lui ! s'exclama la fillette. Il a essayé de voler mon quentin lorsque j'étais au camping et tout ça pour nous empêcher de voyager dans le temps !

L'être de lumière expliqua à Éloan que l'ange déchu n'en était pas à sa première tentative pour nuire aux humains et qu'il avait récidivé dans le futur. Toutefois, il avait été mis hors d'état de nuire au 21e siècle, puisque les anges avaient réussi à le capturer. Il ne restait plus qu'à le maîtriser à cette époque aussi et à s'assurer qu'il ne puisse plus jamais se réincarner.

– Pourquoi lui avoir permis de se réincarner s'il pouvait mettre la vie des humains en danger ? voulut savoir Éloan.

– Parce qu'il n'était pas censé conserver des souvenirs de sa vie angélique. Malheureusement, les anges de protection se sont rendu compte trop tard de cette erreur.

– Vous voulez dire qu'un bébé d'à peine quelques jours représente un danger pour les Éloaniens à l'heure qu'il est ?

– Non, ce n'est pas le bambin qui est dangereux, mais la jeune fille rousse qui l'a mis au monde. Nathaniel a changé d'enveloppe corporelle. Il savait que le corps physique est vulnérable au moment de la naissance et qu'il lui serait possible de s'échapper du poupon dans lequel il avait été contraint de se réincarner. Il n'avait qu'un instant pour le faire et il en a profité. Mahaude était malheureusement au mauvais endroit au mauvais moment. Depuis ce jour-là, il utilise votre amie à sa guise.

– Et tout ça dans quel but ? demanda Éloan.

– Pour se venger de nous et du sort que nous lui avons infligé, bien sûr ! Et empêcher définitivement les humains d'atteindre la cinquième dimension et de devenir immortels.

– C'est donc pour cette raison que Mahaude s'est emparée du septin ! comprit Éloan.

– Avant même d'être déchu, Nathaniel avait eu vent que des Éloaniens voulaient créer un septin pour que leurs connaissances ne soient pas perdues. Il était conscient que bientôt, les Éloaniens parviendraient à atteindre l'immortalité. Voilà pourquoi il espérait que son raz-de-marée détruise la cité. Il voulait rendre le Zéphir inutilisable pour de bon.

– Il est donc à l'origine des problèmes d'énergie du corridor de lumière ? s'enquit Éloan.

– Oui. Il a eu le temps de lui lancer un sortilège juste avant que nous lui enlevions ses pouvoirs. Mais cela n'a pas été suffisant… et il croit qu'avec le septin, il parviendra enfin à le rendre inactif. Sa tâche fut facilitée lorsqu'il a pris possession de Mahaude, car elle savait où se trouvait le précieux prisme.

– Elle l'a volé le soir de la fête ! vit la fillette sur les images qui continuaient à défiler devant elle.

– Cela explique ses pertes de mémoire et ses absences répétées depuis quelque temps…, réfléchit Éloan.

– Je ne comprends toujours pas pourquoi Mahaude – ou plutôt Nathaniel – n'a rien fait pour s'échapper à l'aide du septin lorsqu'un garde l'a menacé... Il y a pourtant assez d'énergie dans le prisme pour y arriver aisément !

– Je vous ai parlé du puissant désir de vengeance qui habite Nathaniel... Il voudrait nous infliger le même châtiment qu'il a subi, soit celui de nous rendre mortels à notre tour. Sa seule chance d'y parvenir est de revenir dans cette dimension en possession du septin. Pour y arriver, il doit retrouver une complète maîtrise de son âme et seule la mort de Mahaude pourra lui rendre sa liberté. Il sera alors débarrassé de ce corps qu'il utilise et dont il est en quelque sorte prisonnier.

– Je comprends maintenant pourquoi la vie de Mahaude a été menacée à deux reprises en quelques jours... En bref, si Nathaniel réussit à atteindre son but, cela veut dire qu'il n'y aurait plus d'anges de protection pour veiller sur les humains ? remarqua Éloan.

– C'est exact. Et ce serait probablement la plus grande tragédie de l'histoire de l'humanité... Vous êtes notre seul espoir !

Même s'il l'ignore, Goar m'aidera à parvenir à mes fins et à éliminer les anges de protection. Tant qu'il croit avoir le contrôle de la situation, il sera prêt à tout pour récupérer le septin… Et c'est très bien ainsi…

– 12 –

Destin cruel

Grâce à l'énergie dégagée par le septin, il n'avait fallu qu'un instant à Goar pour retracer Mahaude sur les îles. Elle s'était téléportée sur la falaise, à quelques dizaines de mètres de la maison de Gaële. Le grand sage eut un sourire mauvais : la jeune fille était prise au piège entre lui et le profond précipice ! Son seul moyen de fuir était de se téléporter à nouveau, ce qui ne semblait pas avoir effleuré son esprit pour l'instant. Elle avait sûrement compris qu'à un moment ou à un autre, elle aurait des comptes à rendre au grand sage et que la confrontation était inévitable : où qu'elle aille, il lui était impossible d'échapper à Goar bien longtemps à cause du septin…

Sans quitter l'homme des yeux, Mahaude reculait inexorablement vers le bord de la falaise.

Derrière elle, l'eau s'étendait à perte de vue. Goar s'approchait lentement de la jeune fille, espérant seulement l'effrayer ; elle ne devait pas tomber dans le vide avant de lui avoir remis l'objet qu'il convoitait et qui risquait de disparaître à tout jamais si elle l'entraînait avec elle dans sa chute.

Une fois de plus, Goar eut la désagréable surprise de voir son frère se matérialiser près de lui.

Grâce à Danakel, Éloan était arrivé juste à temps. L'ange l'avait informé de l'endroit où se trouvaient son frère et Mahaude. L'être de lumière leur avait également proposé de les aider à se matérialiser directement sur la falaise, sans passer par un portail. N'ayant pas utilisé le pouvoir de téléportation depuis très longtemps et ne voulant pas laisser Mégan faire le voyage de retour seule, Éloan avait accepté la proposition avec reconnaissance.

– Va vite rejoindre Gaële chez elle, dit-il à la fillette pour lui éviter d'être blessée. Je viens de l'informer de notre retour et elle s'y téléportera dans un instant.

Dès qu'elle arriva à sa maisonnette, Gaële fit promettre à Mégan de rester en sécurité à l'intérieur et elle lui assura que ses amis viendraient bientôt la rejoindre. Ils n'avaient pas pu se téléporter comme elle et ils devraient se déplacer par les portails.

Puis la vieille dame alla rejoindre Goar et Éloan, sur le point de s'entretuer. Peut-être arriverait-elle à les raisonner et à empêcher un nouveau malheur de se produire…

L'attention de Goar ayant été détournée par l'arrivée de son frère, Mahaude en avait profité pour reculer davantage vers le gouffre.

— Ne te mêle pas de ça ! cracha Goar à l'intention de son jumeau.

— Tu oublies qu'on a des comptes à régler, nous deux…, lança Éloan pour faire diversion. Je n'arrive toujours pas à croire que tu aies pu me laisser enfermé dans cette grotte pendant tant d'années. Je pensais qu'on était plus que des frères, qu'on était aussi amis…

— Amis ?! Tu ne peux pas savoir comme je te haïssais, toi le grand sage aimé et respecté de tous. Les Éloaniens te vouaient une confiance sans bornes, tes élèves t'adulaient et tu as même réussi à séduire la seule femme qui se soit jamais intéressée à moi… Comment aurais-je pu rivaliser avec ÇA ? Il était beaucoup plus simple de te faire disparaître !

— Oui, parce que tu as eu de l'aide, je te le rappelle, lança Mahaude derrière lui d'une voix grave.

Incapable d'entendre Goar se vanter de l'emprisonnement de son frère, Nathaniel avait décidé de rétablir les faits.

— Tu n'étais même pas née, pauvre sotte ! rétorqua Goar en se tournant vers la rouquine. Laisse-nous discuter, maintenant. Tout cela ne te concerne pas !

Mahaude éclata de rire. Un rire hystérique qui donnait froid dans le dos.

— N'oublie pas que c'est grâce à moi si tu as pu découvrir le sortilège qui a servi à emprisonner ton frère… Tu ne t'en souviens pas, de ce fameux soir où nous nous sommes rencontrés la première fois ? Tu profitais de l'absence d'Éloan pour utiliser la géode… C'est moi qui t'ai fourni la solution à ton problème… et au mien, par le fait même.

· Prenant conscience des dires de l'adolescente, Goar resta muet de stupéfaction. Comment pouvait-elle savoir tout cela ?

– Faire disparaître Éloan servait également mes intérêts, continua Mahaude. Je devais trouver le moyen d'empêcher ton frère de poursuivre ses recherches. Ses pouvoirs augmentaient de jour en jour et ce n'était qu'une question de temps avant qu'il trouve le moyen d'élever suffisamment ses vibrations pour atteindre l'immortalité. Les humains sont des êtres inférieurs qui n'ont rien à faire dans notre dimension ! Je suis désolé de te l'apprendre, mais tu n'as été qu'un pion que j'ai utilisé pour parvenir à mes fins !

– Nathaniel…, comprit enfin Goar.

En poussant un cri de colère, le vieil homme utilisa la télékinésie pour projeter son épée vers Mahaude. À quelques centimètres de la poitrine de la belle rousse, l'arme fut déviée vers la droite par Éloan, qui était intervenu juste à temps, et alla se ficher dans un arbre.

– Noooon ! Il ne faut surtout pas la tuer ! s'écria l'ancien captif. C'est ce que Nathaniel veut !

– Pfff ! Qu'est-ce que tu inventes là ? Pourquoi le défends-tu ? À moins que… ce soit ton allié, désormais ?!? ragea Goar.

L'homme projeta un immense rocher pointu vers son jumeau, qui plongea au sol pour l'éviter.

Les deux rivaux ne faisaient plus attention à Nathaniel, qui força sans peine Mahaude à approcher du bord de la falaise. La jeune fille n'avait pas la force mentale nécessaire pour opposer la moindre résistance. Plusieurs jours avaient été nécessaires avant que l'ange déchu parvienne à la maîtriser parfaitement. Au début, il ne pouvait que se tapir dans un coin de l'âme de Mahaude en attendant une faiblesse pour influencer sa volonté à son insu. Puis, le quentin pris sur le portail numéro 5 lui avait permis de contrôler plus facilement l'adolescente. Ce fut simple comme tout de récupérer le septin dans la pièce secrète et d'aller le cacher dans la cristallerie, sans qu'elle en ait gardé le moindre souvenir. Il avait attendu de la maîtriser parfaitement avant d'aller reprendre le précieux prisme. Maintenant, il ne lui restait plus qu'à se dissocier du corps de l'adolescente pour assouvir sa vengeance. Dès que Mahaude pousserait son dernier souffle, il serait enfin libre et, cette fois, il ne raterait pas son coup !

Son plan avait déjà échoué lorsque Imaëlle était intervenue in extremis pour empêcher le lustre de s'écraser sur son amie ainsi qu'au moment où Éloan avait détourné l'épée du garde, sur le quai. Nathaniel avait cru que ce serait un jeu d'enfant de causer la mort de l'adolescente, mais il avait sous-estimé ses ennemis !

À présent que les jumeaux étaient occupés à se battre, il était temps de passer à l'action. L'ange déchu ressentit alors la peur qui étreignait l'ado-lescente. Mahaude semblait avoir compris ce qu'il envisageait de faire…

Malgré elle, elle fit un pas de plus vers l'arrière et bascula dans le vide…

Imaëlle atteignit le haut de la falaise et elle lâcha un cri d'effroi en voyant son amie tomber.

La scène se déroulait comme au ralenti…

Elle vit Éloan détacher sa ceinture de corde et l'enrouler à distance autour de la taille de Mahaude, pour la retenir et la tirer sur la terre ferme.

Afin d'affronter un seul adversaire à la fois, Éloan ficela l'adolescente possédée à un gigantesque pin. Il espérait ainsi se débarrasser d'abord de Goar pour ensuite la délivrer de l'ange déchu. Mais Nathaniel déjoua ses plans : les liens de Mahaude s'enflammèrent d'un coup et s'effritèrent.

Arrivé sur les lieux à la suite de sa jumelle, Maxime était abasourdi. Comment son amie avait-elle pu réussir un tel exploit ?! Il avait tout à coup l'impression de ne pas la connaître du tout…

Puis un craquement sinistre s'éleva derrière Mahaude. Le pin auquel elle était attachée un instant plus tôt s'abattait lentement sur elle. Paralysée par Nathaniel, Mahaude ne pouvait pas courir pour se mettre à l'abri. Tels des blocs de béton, ses membres restaient fixés au sol, refusant de lui obéir.

Un rictus se dessina sur ses lèvres. Impuissante, Mahaude ressentait la joie de celui qui la possédait. Il allait enfin obtenir ce qu'il désirait…

Elle n'était pas de taille à combattre contre lui. Avec résignation, l'adolescente eut une dernière pensée pour Maxime, qu'elle aurait tant voulu connaître davantage.

– MAHAUDE !!!!! hurla le jeune homme en voyant l'arbre s'effondrer sur la jeune fille.

– NOOOOOON ! s'exclama à son tour Éloan.

Le vieil homme esquissa un geste pour dévier la trajectoire de l'arbre, mais son corps refusa momentanément de lui obéir. Il tourna la tête vers Goar, qui marmonnait les paroles incompréhensibles d'un sortilège à son intention.

Dans un fracas assourdissant, Mahaude disparut sous l'immense masse végétale. Le septin fut projeté plusieurs mètres plus loin, hors de sa portée.

Le vacarme laissa place à un lourd silence et aux sanglots étouffés de Zelma et d'Imaëlle. Maxime accourut vers l'endroit où il avait vu Mahaude disparaître.

– On va te sortir de là, ne t'en fais pas !

Enfin libéré du sortilège, Éloan vint le rejoindre. Gaële et Thomas unirent leurs pouvoirs aux siens pour soulever l'immense pin avec précaution, avant de le projeter dans le vide. L'arbre alla s'écraser sur la plage, au pied de la falaise.

Dès que le corps de Mahaude fut dégagé, Maxime se laissa tomber à genoux, à ses côtés. Le teint de l'adolescente était livide et sa respiration, à peine perceptible. Elle tenta d'ouvrir les yeux.

– Ne bouge surtout pas !

– Max…

Un filet de sang s'écoulait de sa tempe droite.

– Je cr… je crois qu'il est p… parti…

– Qui est parti, Mahaude ?

Maxime dû coller son oreille près des lèvres de l'adolescente pour entendre les mots qu'elle murmurait.

L'ange déchu venait de quitter le corps de la jeune fille pour se diriger vers la cinquième dimension. Cela ne pouvait signifier qu'une seule chose, au plus grand désespoir du vieux sage : Mahaude emprunterait bientôt le même chemin...

Au moins Nathaniel avait échoué : Mahaude avait eu la force d'esprit de lancer le septin alors que l'arbre s'abattait sur elle. Il n'était donc pas en possession du prisme au moment de son départ vers la cinquième dimension et les anges étaient hors de danger !

– Max... J'ai été heureuse de te connaître... Tu es un garçon formidable..., articula Mahaude avec peine.

Une immense douleur étreignit la gorge de Maxime et il ne put retenir les larmes qui lui brûlaient les yeux. C'était la première fois de sa vie qu'il tombait amoureux et celle qu'il aimait était sur le point de mourir ?! Il aurait tout donné pour sauver Mahaude de son destin cruel et passer encore un peu de temps avec elle... Quelle injustice !

Le nez collé à la fenêtre de la maison de Gaële, Mégan avait assisté à toute la scène. Elle sentit que son âme jumelle n'allait vraiment pas bien. Elle s'empressa d'aller la rejoindre. La fillette s'agenouilla près de l'adolescente et lui prit la main. Un arc-en-ciel apparut entre elles. Mahaude eut la force d'esquisser un dernier sourire avant de dire :

— La vie est précieuse… profitez de chaque instant !

Puis elle poussa son dernier souffle, ses yeux se fermèrent doucement et les couleurs qui la reliaient à son âme jumelle disparurent en volutes de fumée colorée.

— Je vous en prie, faites quelque chose, supplia Maxime en se tournant vers Éloan.

— Je suis désolé, mon garçon, on ne peut plus rien pour elle…

L'adolescent reprit espoir lorsqu'il vit un ange se matérialiser à leurs côtés. L'un d'eux avait déjà aidé Imaëlle et Mégan à rester en vie, peut-être qu'ils pourraient intervenir une fois de plus…

— Je suis Danakel et je désire vous informer que les anges de protection n'ont plus rien à craindre de Nathaniel. Il a été maîtrisé et ne pourra plus s'en prendre à aucun être humain. La réincarnation lui est désormais interdite. Nous devons beaucoup à votre amie et à son sacrifice... Soyez fiers de ce qu'elle a accompli pour l'humanité et souvenez-vous de sa bonté et de sa gentillesse. N'oubliez jamais que les êtres que vous aimez et que vous perdez croiseront à nouveau votre route dans une vie ultérieure.

– Avec tous vos pouvoirs, vous devriez être capable de la ramener à la vie, n'est-ce pas ? sanglota Maxime en caressant les longs cheveux roux de Mahaude.

– Je viens tout juste de lui proposer de rester sur Terre si tel était son désir, mais elle préfère quitter ce corps meurtri.

– Pourquoi aurait-elle pris une telle décision ?! s'étonna Maxime.

– Elle veut rejoindre la cinquième dimension pour retrouver ses parents.

– Mais... ils sont décédés il y a plusieurs années ! Ils doivent être de retour sur Terre, à l'heure qu'il est..., réfléchit Maxime.

– Certaines âmes ne font qu'un bref passage dans la cinquième dimension, alors que d'autres y séjournent plus longuement. Je peux t'assurer que ses parents l'attendent avec impatience.

Malgré sa peine, Maxime ne pouvait pas vraiment en vouloir à Mahaude. Il savait que son amie avait perdu ses parents très jeune, des suites d'une maladie contagieuse. Elle lui avait souvent confié qu'ils lui manquaient terriblement.

Délicatement, et pour une dernière fois, il prit son amie dans ses bras.

L'ange disparut au même moment, répandant un léger baume sur la douleur de l'adolescent en deuil et sur celle de tous ceux qui avaient aimé la jolie rousse.

– 13 –

Affrontement ultime

– GOAR ! Je sais que tu es toujours ici ! MONTRE-TOI !

Éloan sentait l'énergie du prisme et il savait que son frère avait profité de la distraction créée par la mort de Mahaude pour récupérer le septin resté sur le sol après le drame. Était-ce pour éviter que l'ange lui réclame la précieuse pierre qu'il avait décidé de se faire oublier pendant un moment ?

– Je l'ai enfin en ma possession !!! s'écria Goar en réapparaissant à quelques mètres d'Éloan, le septin reposant au creux de sa main. Il ne me reste plus qu'à me débarrasser de toi pour que tout redevienne comme avant !

Éloan eut un regard pour Gaële. Le vieil homme avait-il passé toutes ces années enfermé dans une grotte froide et humide pour mourir sans avoir le temps d'embrasser celle qui ne l'avait jamais abandonné ? Celle grâce à qui il n'avait jamais perdu espoir ? Non, il ne se laisserait pas faire une seconde fois.

— Tu as peut-être le septin, mais c'est moi qui possède le joyau le plus précieux, rétorqua Éloan en prenant la main de sa douce. Tu sais, Goar, il n'y a rien de plus beau dans la vie que l'amour. Même le plus grand des pouvoirs ne pourra jamais rivaliser avec ça. Malheureusement, je crois que tu ne pourras jamais le comprendre…

— J'ai bien hâte de voir comment ton « puissant » amour pourra t'aider à échapper au sort que je te réserve ! ricana méchamment son jumeau.

Aidé du septin, Goar forma une boule d'énergie orangée de la taille d'un ballon de plage, puis il la projeta sur son rival. Éloan utilisa ses pouvoirs afin de s'élever de quelques dizaines de centimètres dans les airs. Ainsi, il évita de justesse la sphère de feu qui roulait vers lui et qui se désagrégea dans une pluie d'étincelles.

Restés en retrait, Imaëlle et ses amis assistaient, impuissants, à l'affrontement spectaculaire des deux sages. Il aurait été préférable que les jeunes courent se mettre à l'abri, cependant Maxime refusait d'abandonner le corps de Mahaude.

Au même moment, une dizaine de gardes arrivèrent sur la falaise. Qui était donc ce vieillard qui osait défier leur grand sage ? Roderic, le chef des gardes, allait donner l'ordre de le capturer lorsque Gaële intervint et lui expliqua la situation. Il ordonna aussitôt à ses hommes de rester en retrait. Les gardes avaient pour mission de protéger le grand sage, mais puisque Éloan était de retour, ils ne savaient plus trop comment agir.

Éloan ne se laissait nullement intimider par les sortilèges qui fusaient de part et d'autre et il se défendait corps et âme. Une mini tornade venait de se former et le poussait dangereusement vers le précipice.

– Même si tu parviens à m'éliminer, mon frère, ce n'est pas de cette façon que tu deviendras un grand sage respecté de ton peuple ! le mit en garde Éloan.

– Je m'en fiche, puisque je ne compte pas leur laisser le choix... Qu'ils m'aiment ou non, les

Éloaniens devront m'obéir. Et si certains sont récalcitrants, je suis convaincu que le septin saura les faire changer d'avis !

Éloan se dématérialisa avant d'être poussé dans le vide et il réapparut derrière son frère. Ce dernier disparut à son tour. On aurait dit que les deux hommes jouaient au jeu du chat et de la souris.

Un éclair éblouissant s'abattit alors à quelques mètres de l'ancien captif. Le contrôle qu'avait Goar sur les éléments était impressionnant et cela ne laissait aucun répit à Éloan, qui s'affaiblissait rapidement. Reprenant son souffle, il faillit se faire écraser par un arbre que son jumeau avait déraciné sur sa gauche.

— Cela avait pourtant fonctionné, avec la jeune fille ! lança Goar, un sourire perfide sur le visage.

— Je croyais que Nathaniel était derrière tout ça, pas toi ! Tu te rends compte que tu as sacrifié une innocente pour parvenir à tes fins ? Tu es un être ignoble !

— Je n'allais sûrement pas laisser Nathaniel s'en tirer ! J'avais prévu lui prendre le septin *après* avoir enlevé la vie à la jeune fille. Ce qui aurait été impossible, puisqu'il serait retourné dans la cinquième dimension avec la pierre en sa possession.

– Pourtant, si Mahaude n'avait pas lâché le septin, c'est ce qui se serait passé, remarqua Éloan.

– Oui, sauf que, grâce à tes révélations, la jeune fille a finalement pris conscience des intentions de Nathaniel. J'ai pu lire dans ses pensées et découvrir qu'avec un peu d'aide, elle n'hésiterait pas à se sacrifier pour contrecarrer ses plans. Je vous dois une fière chandelle, à tous les deux.

Ressentant le désarroi d'Éloan, tourmenté par les révélations de son jumeau, Gaële voulut intervenir, mais frapper à l'aveuglette risquait de mettre la vie de plusieurs personnes en danger.

– Goar, je te promets de passer le reste de mes jours à tes côtés si tu laisses la vie sauve à ton frère…, lança-t-elle sur un ton décidé.

– NON ! s'écria Éloan.

– Et pourquoi devrais-je te croire ? s'enquit Goar, intéressé par l'offre.

– Parce que je tiens à lui autant que je tiens à toi… Je ne veux pas perdre l'un de vous deux.

Goar sembla touché par les paroles de la femme qu'il aimait depuis si longtemps.

Gaële fit quelques pas prudents en sa direction.

– N'approche pas ! la supplia Éloan.

– ELLE N'A RIEN À CRAINDRE DE MOI ! explosa Goar. Jamais je ne lui ferais le moindre mal !

– Je sais, murmura la vieille dame en posant sa main sur le bras agité de Goar.

– Tout ce que j'ai fait par le passé, c'était pour toi ! Pour te prouver que je suis quelqu'un, moi aussi, et te montrer à quel point je tiens à toi ! Personne ne t'aimera autant, pas même mon frère…

– Tu sauras me rendre heureuse, j'en suis convaincue…

Tout en parlant, Gaële s'efforçait d'empêcher Goar d'avoir accès à ses pensées. Autrement, il comprendrait qu'elle n'avait aucune intention de tenir sa promesse... Comme elle l'espérait, la diversion fut suffisante pour permettre à Éloan de contre-attaquer et de prendre son adversaire par surprise. Il fonça tête première dans le ventre de son frère et le plaqua au sol. Le choc fut si violent que Goar en échappa le prisme.

– Le septin ! cria Éloan en décochant un coup de poing sur la mâchoire de son adversaire.

Goar essuya du revers de la main le sang de sa lèvre fendue et fit basculer son frère à son tour.

Alors que Thomas et deux gardes faisaient un pas vers le cristal rose, Olie sortit des fourrés qui bordaient la forêt et passa devant eux. En trois bonds, elle récupéra le prisme et alla le porter à sa maîtresse. Gaële s'empressa de l'utiliser pour augmenter ses pouvoirs et séparer les deux hommes. Tels des aimants qui se repoussent, ils n'eurent d'autre choix que d'obtempérer.

– L'amour, le vrai, finit toujours par vaincre, lança-t-elle à Goar d'un ton convaincu.

Furieux, le grand sage comprit qu'elle lui avait menti. Il voulut empoigner Éloan à la gorge, mais il se frappa contre une paroi transparente.

– C'est terminé, mon frère. Plus jamais tu ne feras de mal à personne.

Goar tenta de reculer, mais le manège se répéta. Il constata que son jumeau avait pris le septin des mains de Gaële et avait érigé une sorte de cage invisible autour de lui. Confiné dans cette prison, il laissa libre cours à sa rage. Ses menaces furent de courte durée, car Éloan, pour le faire taire, lui jeta un second sort : dans la bouche de Goar, une banane apparut, l'empêchant de crier.

Rassurés par la tournure des événements, Imaëlle et ses amis se permirent d'éclater de rire.

Les gardes, qui n'avaient pas osé intervenir jusqu'à présent, s'avancèrent vers Éloan. Le chef Roderic se présenta au grand sage, puis il lui souhaita la bienvenue.

– Doit-on préparer une place au cachot pour ce traître ? s'enquit-il en pointant Goar.

Éloan hésita un instant. La grotte où il avait été enfermé pendant si longtemps aurait pu être encore utile… Mais ce serait agir comme son jumeau et l'adage « œil pour œil, dent pour dent » était contre sa nature. Il ne s'abaisserait pas à ce niveau…

– Préparez-lui la plus grande des cellules, décida Éloan. Spacieuse et confortable. Après tout, il y restera pendant de longues années…

La journée avait paru interminable à Imaëlle. Ses sentiments étaient partagés entre la joie de bientôt rentrer chez elle et la tristesse provoquée par le départ de Mahaude. Elle ignorait si le lien profond qui unissait les jumeaux en était la cause, mais elle avait l'impression de ressentir le désarroi de son frère. Il tenait beaucoup à la belle rousse. Oui, Maxime aurait eu à la quitter un jour ou l'autre pour repartir à leur époque, cependant il aurait conservé des souvenirs d'elle bien vivante !

Alors que Zelma entraînait Mégan vers la salle des victuailles pour le repas du soir, Imaëlle rejoignit plutôt son frère, qui s'était retiré dans sa chambre. Comme lui, elle était incapable d'avaler quoi que ce soit. Assise sur le lit de Sylvius, Imaëlle tentait de réconforter Maxime, qui se reprochait les événements des derniers jours.

– Je n'ai pas été assez attentif ! s'emporta-t-il. Je savais qu'un danger guettait Mahaude, mes visions m'en avaient averti… Pourquoi n'ai-je pas deviné que Nathaniel était derrière ses comportements inhabituels ? Les choses auraient pu se passer différemment si je ne l'avais pas laissée seule…

– Max…

Inconsolable, son frère la coupa :

– À quoi ça sert d'avoir des visions si, au moment où nous en avons le plus besoin, elles ne daignent pas se montrer le bout du nez ? Si j'avais vu cet arbre lui tomber dessus avant, j'aurais pu intervenir et la sauver…

– Ça suffit, Maxime ! l'interrompit sa sœur avec fermeté. Arrête de t'en vouloir. Il ne sert à rien de retourner dans ta tête tous les scénarios possibles et imaginables. Tu dois accepter le destin.

– Tu as raison. Je ne pense qu'à moi alors que Mahaude n'est peut-être pas si malheureuse que ça, là-haut ; elle doit avoir revu ses parents, à l'heure qu'il est… Mais son absence me fait si mal…

Maxime éclata en sanglots. Sa sœur alla s'asseoir près de lui et le prit dans ses bras, partageant sa douleur jusqu'à ce que ses pleurs se calment enfin…

La journée était bien avancée lorsque Gaële regagna sa maison sur la falaise. Olie paressait près du feu qui crépitait au centre de la pièce. Assise devant l'âtre, la vieille dame se berçait lentement en repensant aux événements récents.

Cela faisait si longtemps qu'elle espérait se retrouver seule avec Éloan ! À cette simple pensée, son cœur se mit à battre à vive allure. Elle avait eu tellement peur de le perdre à nouveau, durant la bataille sur la falaise !!

Quelqu'un cogna à la porte et elle alla ouvrir. Éloan pénétra dans la maisonnette et salua Olie, qui émit un glapissement en guise de reconnaissance.

– Tu es toujours aussi belle, souffla le vieil homme en s'avançant vers Gaële.

Il souleva le menton de sa bien-aimée pour contempler les marques que le temps avait laissées sur son visage pendant toutes ces années.

Le Cercle d'Éloan

Sentant la gêne envahir sa compagne, Éloan prit les mains de Gaële et il les posa près de ses tempes. Les doigts de la femme tracèrent le sillon des fines rides qui creusaient le visage vieilli de l'élu de son cœur.

– Après tant d'années, j'ai beaucoup changé…, lui confia-t-il.

– Je suis certaine que tu es aussi charmant qu'avant. Tu m'as tellement manqué…, avoua Gaële.

– Tu m'es restée fidèle pendant tout ce temps. Tu sais que tu aurais pu refaire ta vie…

– Jamais je n'aurais envisagé une telle chose…

– Si ce qu'on m'a dit est vrai, ce septin que les membres du Cercle d'Éloan ont formé, c'était ton idée ?

– C'est exact. C'était ma dernière chance de te retrouver… Ai-je eu raison de croire qu'après ta longue absence, tes sentiments n'auraient pas changé à mon égard ?

Affrontement ultime

Sans plus attendre, Éloan l'attira dans ses bras et se laissa submerger par la joie de leurs retrouvailles. Ils s'embrassèrent tendrement, comme si leur dernière rencontre datait de la veille. Le temps ne pouvait rien contre l'amour qui les unissait depuis toujours.

– 14 –

Une surprise de taille

Le lendemain, Imaëlle ouvrit les yeux et fut étonnée de constater qu'elle avait réussi à dormir quelques heures, malgré les émotions de la veille. Le lit inoccupé de Mahaude lui confirma qu'elle n'avait pas rêvé, malheureusement… Elle aurait tant aimé que toute cette histoire ne soit qu'un cauchemar !

Le décès tragique de Mahaude venait assombrir la fin du périple d'Imaëlle et de ses amis dans la cité d'Éloan. Le groupe entamait sa dernière journée au 12e siècle, puisque le grand sage leur avait offert de repartir dès qu'ils le voudraient. Comme la cérémonie entourant la mort de Mahaude devait avoir lieu le soir même, ils avaient tous insisté pour retarder leur départ de quelques heures.

Imaëlle avait du mal à croire qu'elle dormirait bientôt dans son lit, au camping, et qu'elle revêtirait son pyjama préféré. Cette pensée lui rappela qu'elle et ses amies devaient retrouver les vêtements qu'elles portaient à leur arrivée dans la cité, pour les enfiler avant leur départ. Ses hauts-de-chausses et les robes longues aux multiples lacets que préféraient Mégan et Zelma ne manqueraient pas d'attirer l'attention. Vêtues ainsi, elles étaient assurées d'un interrogatoire en règle à leur retour !

Lorsque Mégan et Zelma furent réveillées, elles se vêtirent à leur tour selon la mode du 21e siècle. Les trois amies s'apprêtaient à quitter leur chambre lorsque Mégan s'exclama :

– Attendez ! J'ai oublié quelque chose !

La fillette se dirigea vers son lit et fouilla sous les draps jusqu'à ce qu'elle trouve ce qu'elle cherchait : sa poupée Clémentine.

À la tombée du jour, des centaines de personnes s'étaient réunies sur la plage pour la cérémonie des adieux. La plupart tenaient un mérald dans leurs mains et la multitude de lueurs conférait à l'endroit une splendeur surréaliste. Cinq torches entouraient le lit de pétales de roses où était étendu le corps de Mahaude. Toute de blanc vêtue, elle ressemblait à un ange à la chevelure de feu. On aurait même dit qu'elle souriait !

Éloan se tenait à côté du lit et il avait amorcé le discours d'au revoir traditionnel.

Maxime et Imaëlle étaient au premier rang, près de Xavier, le père adoptif de Mahaude. Les paroles du grand sage étaient très émouvantes et on entendait des sanglots dans la foule. Maxime se retourna et constata qu'ils étaient nombreux à vouloir saluer Mahaude une dernière fois. Dissimulé derrière les estrades du jeu de paume, il aperçut Sylvius, seul. L'adolescent s'épongeait les yeux avec un mouchoir en tissu. Même s'il avait toujours démontré le contraire, Sylvius avait donc des sentiments pour sa sœur adoptive…

Éloan termina son discours en remerciant la défunte pour son dévouement envers les femmes de la cité et pour toute l'aide apportée à monsieur Adam. Il demanda aux anges de prendre soin d'elle et de bien la guider. Puis il s'avança et déposa une rose orange sur le corps de la jeune fille. Xavier fut le premier à l'imiter, suivi de Maxime et des Éloaniens présents à la cérémonie. Mégan s'approcha à son tour. N'ayant pas de rose à lui offrir, elle déposa délicatement sa poupée Clémentine sur le ventre de son âme jumelle.

Touchée par son geste, Imaëlle fondit en larmes et elle se réfugia dans les bras réconfortants de Demian. L'adolescente savait que Mégan tenait plus que tout à cette poupée et le geste était d'autant plus symbolique.

Au moment où la dernière rose fut déposée, deux anges apparurent. L'un d'eux posa sa main sur celle de Mahaude et un phénomène tout à fait particulier se produisit : tandis que le corps physique de la jeune fille demeurait étendu sur le lit de fleurs, son corps de lumière quittait son enveloppe corporelle. Flottant à une trentaine de centimètres du sol, la belle rousse ouvrit les yeux et salua de la main sa famille et ses amis. Elle se tourna enfin vers Maxime et lui souffla un baiser avant de prendre la poupée de Mégan et d'accepter la main que lui tendait l'autre ange.

Les trois êtres de lumière s'élevèrent doucement vers le ciel, sous les applaudissements des Éloaniens ravis. Lorsqu'ils disparurent, le cordon de lumière qui reliait Mahaude à son corps physique s'évapora. L'enveloppe corporelle de l'adolescente devint soudain translucide à son tour, puis elle se dissipa en quelques secondes. Surpris, Maxime demanda des explications à Éloan. Le vieil homme lui expliqua que, dans cette dimension, ils n'avaient pas à enterrer leur mort. Grâce aux anges, le corps physique redevenait poussière, puisque le défunt n'aurait plus besoin de ce corps dans sa prochaine vie…

Juste avant le départ des jeunes, Maxime demanda à être seul un moment.

Encore ébranlé par la cérémonie des adieux, l'adolescent laissa ses pas le guider vers le phare. Il s'assit sur un rocher et observa les milliers d'étoiles qui brillaient dans le ciel.

Il n'y avait que quelques jours qu'il connaissait Mahaude et pourtant il avait l'impression qu'une éternité s'était écoulée depuis son arrivée dans la cité. Il ignorait encore tout d'elle et il aurait tant aimé la connaître davantage… Quel était son mets favori ? Sa couleur préférée ? Quel était l'endroit de la cité où elle aimait se réfugier pour pleurer ?

Un bruit derrière lui le fit sursauter. Xavier le rejoignit et prit place à ses côtés en silence, contemplant à son tour la beauté du firmament. Soudain, le ciel se colora de volutes d'un vert chatoyant.

– Une aurore boréale ! s'exclama Maxime, qui avait souvent entendu parler de ce phénomène, mais le voyait pour la première fois.

– On dirait bien que c'est la fête, là-haut ! Ne t'inquiète pas pour Mahaude, mon garçon. Elle a sûrement rejoint ses parents à l'heure qu'il est…

Il posa une main sur l'épaule du jeune homme.

– C'est difficile de faire son deuil, n'est-ce pas ?

– Oui, beaucoup… vous aussi, vous devez avoir le cœur en miettes.

– J'essaie de me concentrer sur le souvenir des bons moments que nous avons partagés ensemble… Tu savais que les animaux la fascinaient plus que tout ? Quand Mahaude avait cinq ans, elle a trouvé une grenouille et a insisté pour que l'amphibien dorme avec elle dans sa chambre. Pendant la nuit, la grenouille s'est sauvée du bol d'eau où elle l'avait laissée et a fini la nuit… dans le lit de Sylvius ! Tu aurais dû voir sa tête lorsqu'il s'est réveillé et qu'il a aperçu l'animal à deux doigts de son visage ! Il a passé des heures à se laver la figure, convaincu qu'il lui pousserait une verrue sur le nez !

Maxime éclata de rire en imaginant la scène.

Sur un ton plus sérieux, Xavier reprit :

— Lorsque j'ai perdu ma femme, Mahaude m'a été d'un grand réconfort. La perte de ses parents avait été atrocement difficile pour elle. Le malheur que nous partagions nous a rapprochés. C'est pour cela que Sylvius a toujours été jaloux de notre relation.

« Mais peut-être as-tu pu le constater tout à l'heure, lors de la cérémonie des adieux, Sylvius n'est pas insensible. Il regrettera probablement toute sa vie de ne pas avoir fait la paix avec sa sœur avant sa mort. Ils auront certainement la chance de le faire dans une prochaine vie… »

— Vous croyez ?

– Oui, comme je suis certain que toi aussi, tu la reverras… Et peut-être en seras-tu à nouveau amoureux, qui sait !

– Ce serait génial, mais ce qui est dommage, c'est que je ne me souviendrai plus d'elle…

– Ton âme saura la reconnaître…

Monsieur Adam et Wyllem sortaient de la chambre lorsque Demitri informa Azalée qu'elle avait de la visite. L'accouchement s'était très bien déroulé et tout le monde avait hâte de voir le nouveau-né. Xavier en profita pour féliciter le nouveau papa. Quant aux sept amis, ils se séparèrent pour ne pas envahir la petite chambre. Imaëlle, Zelma, Maxime et Mégan furent les premiers à entrer, alors que Demian, William et Thomas se dirigèrent vers le hall central du santérium en attendant leur tour. La nouvelle maman tenait le poupon contre elle, bien emmailloté dans une couverture de tricot rose.

– Oh, c'est une fille ! s'exclama Mégan avec enthousiasme.

— Elle est née en plein milieu de la nuit.

— Comment s'appelle-t-elle ? s'enquit Imaëlle.

— Aude. Nous avons choisi ce nom en l'honneur de Mahaude… J'ai été bien triste d'apprendre sa mort et j'ai voulu honorer sa mémoire.

— C'est un très joli prénom, approuva Mégan en se soulevant sur le bout des pieds pour voir le bébé de plus près.

— Monte sur le lit, suggéra Azalée, tu pourras la prendre dans tes bras.

La fillette s'empressa d'accepter l'invitation, complètement émerveillée. Elle n'avait jamais vu un si petit bébé.

— Tu as vu ses cheveux, Ima ? Ils sont de la même couleur que les miens !

— Approche-toi un peu plus, je vais t'aider à la prendre, dit Azalée.

Puis elle déposa Aude sur les genoux de Mégan.

Aussitôt que le bébé entra en contact avec la fillette, une lumière éclatante apparut dans la chambre. En pleine discussion dans le corridor, Demitri, Wyllem et Xavier accoururent pour constater qu'un arc-en-ciel reliait le poupon à Mégan.

– Mais… Comment est-ce possible ? demanda Maxime qui ne comprenait plus rien.

– L'arc-en-ciel ne peut signifier qu'une chose, annonça Wyllem en s'approchant de sa femme pour l'embrasser sur le front. L'âme de Mahaude est de retour parmi nous.

– Si elle est déjà revenue sur Terre, Mahaude a-t-elle eu le temps de voir ses parents dans la cinquième dimension ? s'inquiéta Mégan.

– J'en suis sûr, la rassura Xavier. Rappelez-vous que le temps ne s'écoule pas à la même vitesse dans la cinquième dimension. Alors, même si nous avons l'impression qu'elle vient tout juste de partir, elle a sûrement pu passer beaucoup de temps avec ceux qu'elle aimait.

– Je suis vraiment touché qu'elle nous ait choisis pour devenir ses futurs parents ! reprit Wyllem, ému.

Une surprise de taille

Le nouveau papa prit Aude des bras de Mégan, faisant disparaître l'arc-en-ciel. Puis il se tourna vers Xavier pour lui demander :

– Est-ce que tu voudrais être son parrain ?

Les larmes aux yeux, Xavier accepta avec empressement :

– Je serai toujours là si elle a besoin de moi.

Voyage de retour

La place centrale était pleine à craquer. On aurait dit que tous les Éloaniens avaient décidé de se joindre à la fête donnée pour célébrer le retour d'Éloan et le départ des jeunes.

Le vieil homme avait accepté avec joie de reprendre le poste de grand sage. Toutefois, il avait demandé une dérogation concernant l'obligation d'habiter ses appartements. Gaële lui avait proposé d'emménager dans sa maison sur la falaise et il désirait plus que tout partager son quotidien avec elle.

Pour passer le plus de temps possible avec sa douce, Éloan avait également décidé de déléguer certaines de ses tâches à son adjoint, Sylvius. Ce dernier devait s'occuper de la sécurité de la cité et assister aux réunions du conseil à sa place, pour ensuite lui en faire un rapport détaillé. En lui confiant de nouvelles responsabilités, Éloan souhaitait faire ressortir le meilleur en lui et transformer son attitude de mauvais garçon en une attitude positive qui le conduirait tout droit vers le bonheur. Après ses mésaventures avec son jumeau, le grand sage avait désormais la preuve qu'entretenir des sentiments de haine et de jalousie ne menait à rien. Il était peut-être trop tard pour le faire comprendre à Goar, mais avec Sylvius, il espérait réussir.

Une estrade avait été installée devant un commerce et un groupe de musiciens jouait des airs tous plus entraînants les uns que les autres. Il y avait tant de gens qu'il était presque impossible de danser !

Quelques heures auparavant, Éloan avait passé un long moment avec Maxime afin de lui expliquer comment Nathaniel avait pris possession de l'âme de Mahaude. Le jeune homme était en train de résumer leur conversation à ses amis.

– Voilà qui explique son étrange comportement et ses pertes de mémoire, conclut-il.

Voyage de retour

Imaëlle comprit enfin pourquoi Goar n'arrivait pas à lire les pensées de son amie, lorsqu'il les retenait prisonnières, Mahaude et elle. Nathaniel possédait suffisamment de pouvoir pour l'en empêcher. Imaëlle se remémora les derniers jours et l'étrange attitude de Mahaude. Nathaniel contrôlait tout en elle : son corps, mais aussi ses émotions. Ce n'est pas Mahaude qui avait entraîné Imaëlle jusque dans la cristallerie pendant leur fuite, mais plutôt l'ange déchu. Il avait tout planifié pour récupérer le septin, qu'il avait dissimulé là pour que personne ne détecte l'énergie puissante qu'il produisait. Noyée à travers l'énergie des autres cristaux, celle du septin passait inaperçue.

Étant donné qu'elle avait volontairement lancé le septin avant de mourir, il était permis de croire que Mahaude devait encore tenir tête à Nathaniel par moments. Cela expliquait aussi pourquoi l'adolescente avait aidé Imaëlle à s'enfuir de la cristallerie par téléportation. S'il avait eu une maîtrise absolue, Nathaniel aurait eu tôt fait de l'abandonner derrière !

Imaëlle fut tirée de ses réflexions par Éloan, qui posa une main sur son épaule.

L'adolescente en profita pour élucider une question.

— Lorsqu'il a pris possession du corps de Mahaude, Nathaniel venait de se réincarner dans un nouveau-né, mais qu'est-il arrivé à ce bébé ? A-t-il une âme, maintenant ?

— Les anges m'ont rassuré à ce propos. Une autre âme était prête à revenir sur Terre et elle a pu profiter de l'occasion pour se réincarner plus rapidement.

Une chaîne de danseurs passa près d'eux et Zelma se laissa entraîner dans la foulée.

— Allons-nous pouvoir rentrer chez nous comme vous nous l'avez promis ? s'enquit Thomas. Il me semble que la pyramide de cristal perd toujours de l'énergie.

— Les anges de protection annuleront le sort que lui a lancé Nathaniel seulement pour vous permettre de repartir. Ensuite, le Zéphir redeviendra inactif…

— Pourquoi ? s'étonna William.

Voyage de retour

— Ils ont décidé qu'il était encore trop tôt, que les humains devront vivre plusieurs expériences avant de cheminer vers la cinquième dimension. Le peuple qui vivait ici dans le passé avait réussi à éliminer de sa vie tout sentiment négatif. Seuls la joie, la paix, le bonheur et l'amour motivaient ses gestes. Ce n'est plus le cas aujourd'hui... Vous n'avez qu'à penser à mon frère pour vous rendre compte que nous sommes encore loin d'avoir tous acquis une telle sagesse.

— Vous, vous n'êtes pas comme votre frère ! protesta Imaëlle. Je suis certaine que vous pourriez avoir accès à l'immortalité très bientôt !

— Les gens de cette cité ont besoin de mon aide. Les Myrcs m'ont assuré de leur collaboration afin que je poursuive mes enseignements. Et, un jour, les anges nous donneront peut-être à nouveau la possibilité d'accéder à la cinquième dimension en réactivant le corridor de lumière...

« Ce qui prendra des centaines d'années... », pensa Imaëlle, déconfite. Elle n'eut pas le courage de dire à Éloan que, même au 21e siècle, les hommes étaient à des années-lumière de la cinquième dimension...

– Mais si le corridor de lumière continue à perdre de l'énergie, il va finir par s'éteindre ! s'inquiéta Thomas. Allez-vous devoir quitter ces grottes ?

– Peut-être. Dans ce cas, les Éloaniens devront imiter Gaële et s'établir sur la terre ferme. D'ici là, j'espère que mes enseignements porteront fruit…

– Regarde, Ima ! les interrompit Mégan en pointant du doigt Klept, qui se tenait sur le balcon d'un commerce à proximité.

– Je crois qu'il veut te saluer avant que tu partes ! Viens, allons lui dire au revoir ! proposa Imaëlle en prenant la main de la fillette pour fendre la foule.

Imaëlle sourit en entendant un enfant raconter que Maxime était sûrement un grand sorcier pour avoir réussi à retrouver Éloan. La rancœur que certains habitants entretenaient à leur égard semblait s'être dissipée maintenant que le grand sage était de retour…

– Est-ce que le patron aimerait avoir quelques bonbons ? demanda Virgil, qui s'était approché d'Éloan.

– Ce n'est pas de refus ! accepta le grand sage en serrant avec affection son vieil ami dans ses bras. Virgil, j'aimerais en profiter pour vous remercier. Sans votre aide, je serais probablement toujours enfermé dans cette grotte.

– Il faut plutôt remercier ces jeunes et les membres du Cercle d'Éloan de les avoir fait venir ! Ce sont eux qui ont réussi à me persuader que vous étiez toujours en vie. Je n'aurais jamais imaginé qu'une telle chose soit possible… Je suis bien content de vous revoir après tant d'années !

Soudain, le corridor de lumière devint éblouissant. Le silence tomba dans la foule et les musiciens cessèrent de jouer. Comme promis, les anges avaient redonné au Zéphir sa puissance originelle. Le moment du départ avait donc sonné.

Mégan flatta le bout des oreilles de Klept une dernière fois et essuya la larme qui glissait sur sa joue. Elle était bien contente de retourner chez elle, mais son ami allait lui manquer.

La pyramide de cristal étincela soudain, comme si quelqu'un avait saupoudré des milliers de brillants à sa surface. De toute évidence, le grand sage avait utilisé ses pouvoirs pour attirer l'attention des Éloaniens réunis sur la place centrale. Il put dès lors entamer son discours.

– Bonjour à tous. Je vous remercie d'être présents en si grand nombre pour souligner mon retour et le départ de mes chers amis. Je leur serai toujours reconnaissant, puisque c'est grâce à eux que je peux aujourd'hui m'adresser à vous et profiter enfin de ma liberté.

Éloan fouilla dans ses poches et en sortit le septin originel.

– Ce prisme leur permettra de retourner dans le futur. Dès qu'il aura réintégré le Zéphir, nos sept amis disparaîtront aussi vite qu'ils sont arrivés. Le Zéphir est parfaitement fonctionnel pour l'instant, grâce aux anges, mais le corridor de lumière continuera à perdre de l'énergie tant que notre peuple n'aura pas prouvé aux anges qu'il est prêt à faire les efforts nécessaires pour accéder à la cinquième dimension.

Éloan se dirigea vers la pyramide de cristal. Il délogea le prisme incomplet qui lui avait permis de se rendre dans la cinquième dimension avec Mégan.

Voyage de retour

– Quant à ce septin, il sera détruit dans l'immédiat. Bien que le quentin de Mahaude soit toujours manquant, nous devons nous assurer que le pouvoir contenu dans ce prisme ne soit plus jamais une menace pour notre peuple.

Éloan le déposa par terre et demanda à Xavier de s'approcher. Maxime se rappela que les membres du Cercle d'Éloan risquaient d'être sérieusement blessés si le septin était détruit par quelqu'un qui n'avait pas participé à sa formation. Un garde tendit son épée à Xavier, qui l'abattit sur le prisme. La précieuse pierre vola en éclats. Les Éloaniens applaudirent, satisfaits que l'objet ne puisse plus d'aucune façon entraîner la soif de pouvoir et nuire à leur peuple.

– C'est le moment ! lança Éloan. Nous vous souhaitons un bon retour, chers amis. Nous sommes honorés d'avoir fait votre connaissance !

Chaque jeune fit une accolade à Éloan ainsi qu'à Xavier, à Wyllem, à Demitri et à Matis. Le contact des âmes jumelles provoqua une dernière fois l'apparition de plusieurs arcs-en-ciel.

Éloan transmit les salutations de Gaële, qui préférait éviter ce genre de rassemblement depuis qu'elle vivait à l'extérieur de la cité. Imaëlle lui avait rendu une dernière visite à son retour du santérium. Leur rencontre avait été très émouvante et son âme jumelle l'avait remerciée pour sa confiance et sa loyauté. Gaële profiterait de chaque moment passé en compagnie d'Éloan. Plus rien ne ferait obstacle à leur bonheur, désormais…

Le grand sage s'avança pour remettre le septin à Imaëlle. Elle rejoignit ensuite ses amis, déjà positionnés autour du Zéphir. Chacun posa sa main sur la pierre rose, tandis qu'Imaëlle insérait le septin dans la cavité qui se situait au bas de la pyramide. Comme la première fois, une chaleur indescriptible envahit leur corps. Un éclair de lumière illumina la place centrale et, une fraction de seconde plus tard, il ne restait plus aucune trace des jeunes voyageurs dans la légendaire cité d'Éloan.

– 16 –

Un cadeau du ciel

Les sept amis étaient de retour au camping depuis quelques minutes à peine lorsque la porte secrète du phare coulissa et qu'ils sortirent l'un derrière l'autre. Le voyage dans le temps avait été une fois de plus éprouvant et tous ressentaient d'affreuses courbatures. L'escalier du phare n'avait jamais paru aussi long à gravir pour Zelma.

– Les voilà ! s'écria Maria et monsieur Taupin, qui cherchaient toujours la façon d'accéder aux grottes.

Plusieurs adultes s'étaient joints à eux : Sébastien et Rachèle, les parents d'Imaëlle et de Maxime, de même que Nicole, la mère de Mégan et… monsieur Smith !

William fut surpris par la présence de son oncle. La dernière fois qu'il l'avait vu, Nathaniel avait pris possession de son corps et il n'était plus tout à fait lui-même. Après l'intervention des anges, son oncle avait même disparu !

L'oncle Joe serra son neveu dans ses bras, comme s'il n'avait gardé aucun souvenir de ce qui lui était arrivé…

Mégan sauta au cou de sa mère. Soulagée que sa fille soit saine et sauve, Nicole remercia les adolescents de l'avoir retrouvée. C'est ce moment que choisit Klept pour sortir de sa cachette ; l'abondante chevelure rousse de la fillette. Les adultes sursautèrent et Rachèle laissa même échapper un petit cri.

— D'où vient ce singe ? demanda Sébastien, intrigué.

Lorsqu'ils s'étaient matérialisés sous le phare, près du Zéphir, les jeunes s'étaient rendu compte de la présence du marmouset pygmée. Mégan était aux anges que Klept ait décidé de faire partie du voyage ! Toutefois, les sept amis avaient dû réfléchir à une explication plausible à donner aux adultes. Ils décidèrent que Klept serait le parfait alibi à la disparition de Mégan.

– Je l'ai aperçu par la fenêtre de ma chambre et je l'ai suivi jusqu'ici, expliqua Mégan, qui avait appris par cœur la réponse à donner si on lui posait des questions sur sa fugue.

– Il s'est probablement échappé du parc d'attractions du village…, renchérit Imaëlle.

À part à Maria et à monsieur Taupin, qui connaissaient la vérité sur leur voyage dans le passé, les jeunes s'étaient mis d'accord pour taire les événements des derniers jours. De toute façon, qui les aurait crus ? Après tout, à cette époque, la disparition de Mégan n'avait duré qu'une vingtaine de minutes !

– Est-ce que je peux le garder ? demanda Mégan à sa mère en joignant les mains en signe de supplication.

– Pour cette nuit, c'est d'accord. Par contre, dès demain, nous irons faire un tour au village. Ce singe est apprivoisé et son propriétaire doit sûrement être à sa recherche…

Mégan fit une moue contrariée même si elle savait très bien qu'ils ne retrouveraient jamais le « propriétaire » de Klept.

– Alors, tout est bien qui finit bien ! s'exclama monsieur Smith, l'air réjoui. Les enfants, je suis fier de vous ! Vous n'avez pas hésité à partir à la recherche de votre jeune amie et je crois que cela mérite une petite récompense… Je vous donne congé demain !

Les garçons se regardèrent, éberlués. L'oncle Joe était vraiment tombé sur la tête ! Cela ne lui ressemblait pas d'être si bon et généreux…

Le groupe les Seventy's animait la soirée dansante qui tirait à sa fin dans la grande salle du camping. Afin de discuter de leur voyage, Demian avait invité sa grand-mère et monsieur Taupin à se joindre à eux, autour du feu. Il ajouta deux bûches au brasier avant de prendre place près d'Imaëlle.

– Qu'est-il arrivé en notre absence pour que mon oncle soit de retour ? s'enquit William auprès de Maria. En plus, on dirait que ce n'est plus le même homme !

– Lorsqu'on change des événements du passé, il est indéniable que cela entraîne des changements sur le futur.

– Je comprends ! s'exclama Imaëlle. Les anges nous ont informés que Nathaniel ne pourrait plus se réincarner… Puisque nous avons changé le passé, ton oncle n'aura donc jamais affaire à l'ange déchu dans cette vie !

– Génial ! s'exclama le jeune homme. Je passerai un été beaucoup plus relax s'il n'est plus constamment sur mon dos comme avant !

– Alors, l'explosion de la falaise n'a jamais eu lieu ? demanda Maxime.

– C'est exact, confirma monsieur Taupin.

– Si tout a changé, peut-être que j'ai enfin ma propre voiture et mon chauffeur privé…, blagua Zelma.

– Je ne compterais pas trop là-dessus…, sourit Imaëlle.

Il ne restait plus qu'Imaëlle et Demian près du feu pratiquement éteint. La soirée était terminée depuis un moment déjà et tous les autres étaient partis se coucher. Imaëlle n'avait pas envie de rentrer. Elle avait enfin la possibilité de poursuivre la conversation laissée en suspens dans le salon du père de Xavier, mais elle se sentait mélancolique, un peu comme si elle avait perdu une partie d'elle-même…

– Je ressens la même chose que toi…, avoua Demian. Une sorte de vide à l'intérieur. Comme si on nous avait enlevé une moitié de nous. Ce doit être la présence de notre âme jumelle qui nous manque tant…

– Je m'étais habituée à communiquer par télépathie. Tous ces pouvoirs qu'on a appris à utiliser dans la quatrième dimension… tu crois que nous aurons à nouveau l'occasion de les utiliser dans cette vie ?

– Je ne sais pas… Tu te souviens de ce que Milo nous a dit, lorsque nous l'avons rencontré dans le corridor de lumière ?

Imaëlle se remémora leur voyage de retour. Prisonniers de la troisième dimension depuis des centaines d'années, les Myrcs avaient enfin pu rejoindre les anges. Milo avait personnellement remercié les sept jeunes et il avait promis de revenir les voir dès que les anges considéreraient les humains prêts à accéder aux dimensions supérieures.

– Ce qui me manquera le plus, c'est de passer toutes mes journées avec toi…, lui confia Imaëlle.

– Et pourquoi est-ce que ça devrait s'arrêter ? Après tout, l'été ne fait que commencer…, déclara le Portoricain.

Puis il déposa un baiser sur les lèvres d'Imaëlle. Elle lui sourit en pensant que ce serait, sans aucun doute, le plus bel été de sa vie…

Des guirlandes étaient suspendues aux arbres et des bouquets de ballons orange – la couleur préférée de Mégan – ornaient la balustrade du chalet de la mère de la fillette. Des chaises avaient été installées sur le terrain pour la vingtaine d'invités attendus.

Zelma portait une robe blanche à pois roses. Elle avait enroulé autour de son cou un foulard assorti et des lunettes de soleil fuchsia lui servaient de serre-tête. L'adolescente tenait dans ses mains un énorme cadeau enveloppé dans un papier métallique et entouré de ruban orange.

– Bonne fête, ma choupinette ! lança Zelma.

– C'est pour moi ?! s'extasia la petite rousse en prenant le présent que lui tendait son amie. Je vais aller le porter avec les autres !

Les cadeaux étaient regroupés sur une table, près de la piñata en forme d'âne accrochée à une branche d'arbre.

Zelma prit place auprès de William et d'Imaëlle.

Au même moment, le marmouset pygmée sauta sur l'épaule de Mégan. Après deux semaines de recherches au village pour découvrir l'identité du propriétaire de Klept, Nicole avait abdiqué et avait accepté que Mégan le garde.

– Alors, comment se déroule la cohabitation entre la mère de Mégan et Klept ?

– J'espère pour elle que Mégan conservera le pouvoir de communiquer avec son singe même si elle vient tout juste d'avoir sept ans, sinon je suis certaine que, dans moins d'une semaine, Nicole ira le reconduire au zoo !

Demian, qui surveillait la piscine jusqu'à dix-neuf heures, vint rejoindre le groupe. Après avoir embrassé Imaëlle, il la questionna :

– Où sont Maxime et Thomas ?

– Ils doivent venir à la fête après leur partie de tennis. Tiens, les voilà !

Maxime se dirigea d'abord vers sa petite voisine pour lui offrir son cadeau. La fillette éclata de rire : malgré l'emballage, il ne faisait aucun doute qu'il s'agissait d'une raquette de tennis ! L'adolescent avait également apporté un régime de bananes pour Klept. Il n'avait pas oublié que c'était grâce au marmouset pygmée qu'ils avaient retrouvé Éloan… Étant un garçon de parole, il honorait la promesse qu'il avait faite à la petite bête poilue…

Au même moment, la mère de Mégan sortit du chalet avec un énorme gâteau coiffé de sept bougies. Sa fille avait insisté pour que son gâteau ait la forme d'une pyramide et qu'il soit complètement rose.

— Là, je te reconnais, Max. Tu arrives juste à temps pour le gâteau ! rigola Zelma.

— Je n'aurais manqué ce moment pour rien au monde !

— Fais un vœu ! fit Nicole, pressant sa fille pendant que les invités entamaient le traditionnel « Bonne fête ».

Mégan souffla de toutes ses forces. La dernière bougie à peine éteinte, la terre se mit à trembler. Toutes les conversations cessèrent et l'inquiétude pouvait se lire sur les visages. Imaëlle et ses amis étaient perplexes. Ils se rappelaient qu'un tremblement de terre était à l'origine de la découverte du Zéphir. Qu'est-ce que l'avenir leur réservait avec ce nouveau séisme ? Une dizaine de secondes plus tard, le calme revint…

Nicole demanda à Imaëlle de jeter un œil sur Mégan pendant qu'elle vérifiait si tout était en ordre à l'intérieur du chalet. Les autres adultes s'éclipsèrent également pour aller constater les dégâts dans leur demeure. Étant donné que le gâteau serait servi un peu plus tard – au grand désespoir de Maxime –, Mégan entraîna ses amis vers les balançoires du parc, tout près.

En marchant, William tomba face à face avec… Milo !

– Je savais que mon souhait se réaliserait ! s'exclama Mégan en saluant son ami invisible.

– *Tu comprends ce qui se passe ?* demanda Zelma à Imaëlle. *Oh ! Mais je viens de te parler par télépathie ! Nos pouvoirs sont de retour ?!*

– Les anges nous ont permis de revenir sur Terre, leur apprit le Myrc. Ce que vous avez accompli dans le passé a modifié le présent. La quatrième dimension est à vos portes et vos pouvoirs sont de nouveau actifs…

– *Cool !* s'exclama Zelma.

Imaëlle était enchantée. Elle pourrait continuer de parler à Demian à distance, même lorsqu'il serait de retour dans son pays natal ! Elle adorait passer des heures à discuter avec lui.

– Ma chère Mégan, pour ton anniversaire les Myrcs te proposent de venir visiter leur village…

– Tu promets de ne pas la faire disparaître comme la première fois, Milo ? le taquina Imaëlle.

Maintenant, au moins, elle savait que Mégan n'avait rien à craindre en compagnie de Milo.

– J'ai également un présent pour Maxime…, reprit le Myrc.

– Pour moi ? Mais ce n'est pas ma fête !

Milo déposa au creux de la main du jeune homme une pierre rose… Maxime se sentit alors envahi par le souvenir de celle qu'il avait aimée.

– Le quentin de Mahaude ! Où était-il ?

Même si la cité d'Éloan avait été fouillée de fond en comble, le quentin manquant n'avait jamais été retrouvé.

– Mahaude tenait à ce qu'il te revienne, le renseigna Milo. Ainsi, elle espère que tu conserveras son souvenir jusqu'au moment où vous serez réunis et où vous pourrez vous aimer à nouveau, dans cette vie ou dans une autre…

Convaincu que l'amour entre deux âmes pouvait traverser le temps et les époques, Maxime plaça la pierre sur son cœur et leva les yeux vers l'horizon. Le coucher de soleil avait soudainement teinté le ciel d'orangé, lui rappelant la chevelure de feu de son amie. Pour quiconque possédait suffisamment de pouvoir, il était possible de voir, à des kilomètres à la ronde, le pont de lumière. De nouveau en fonction, l'éclatante lumière blanche allait se perdre à travers les nuages colorés. Maxime se remémora alors le dernier conseil de Mahaude, avant sa mort : savourer chaque moment et faire en sorte que sa vie soit des plus heureuses… Il avait l'intention de l'appliquer à la lettre !

FIN

Âmes jumelles

Imaëlle   Gaële

Zelma   Azalée

Maxime   Xavier

Demian   Demitri

Mégan   Mahaude

Thomas   Matis

William   Wyllem

Lexique

Alibi : Prétexte permettant de croire, hors de tout doute, qu'une personne était présente à un endroit et à un moment précis.

Âme jumelle : Une seule et même âme qui se réincarne dans un corps physique différent, à des époques différentes. Seul le voyage dans le temps permet leur rencontre.

Aurore boréale : Phénomène lumineux nocturne, produisant l'apparition de couleurs dans le ciel.

Cohabitation : Habiter avec une ou plusieurs personnes dans la même demeure.

Cinquième dimension : Endroit où se retrouvent toutes les âmes qui ont terminé une vie sur Terre. C'est également le lieu où siègent les anges. Les Myrcs doivent y refaire le plein d'énergie de temps à autre.

Duel des apprentis : Compétition visant à élire un nouveau grand sage.

Empreinte énergétique : Énergie qui entoure un individu. Telle une empreinte digitale, elle possède une forme et une couleur uniques pour chaque être humain, sauf pour les jumeaux, pour qui elle est identique.

En-cas : Repas léger.

Fier-à-bras : Homme qui aime la bagarre.

Fugue : Action de fuir sans prévenir le lieu où l'on habite.

Gâche : Plaque métallique trouée, fixée à l'enca-drement d'une porte, dans laquelle entre la partie mobile d'une serrure.

Garde : Partie d'une arme qui évite que la main soit blessée ou exposée au danger.

Géode : Roche creuse dont l'intérieur est tapissé de cristaux.

Glapissement : Cri aigu que produit le coyote.

Jeu de paume : Pratiqué depuis près d'un millé-naire, ce sport était d'abord joué à main nue ou avec un gant de cuir. Avec le temps, c'est devenu un sport de raquettes. Il s'agit de l'ancêtre du jeu de tennis actuel.

Koak : Espèce d'oiseau capable d'émettre un avertissement lorsque la santé d'un Éloanien est menacée.

Lubie : Idée fantaisiste qui n'est pas sérieuse.

Manuscrit de Kattenga : Livre qui consigne de lui-même tous les faits et gestes des grands sages qui se sont succédé depuis les débuts de la cité, qui portait autrefois le nom de cité de Kattenga. Il est remis au vainqueur du duel des apprentis.

Marmouset pygmée : Aussi appelé ouistiti pygmée, il est l'un des plus petits singes qui existent sur Terre. Vivant en Amazonie, il mesure une douzaine de centimètres et possède une longue queue pour se balancer aux branches. Sa fourrure grisâtre mêlée de noir et de brun lui permet de passer inaperçu dans son habitat.

Mélisse dorée : Plante présentant de petites feuilles ovales et dorées qui diffusent un parfum citronné lorsqu'on entre en contact avec elle. Cette vivace possède également des vertus apaisantes lorsqu'elle est infusée en tisane.

Ménestrel : Musicien ou chanteur qui se déplaçait de village en village au Moyen Âge.

Méralds : Cristaux diffusant une lumière bleutée la nuit et blanche le jour. Ils imitent le rayonnement solaire, leur luminosité est à son apogée à midi.

Myrcs : Messagers des anges. Ces êtres de lumière guident les humains vers la cinquième dimension pour qu'un jour ils puissent atteindre l'immortalité.

Occire : Tuer.

Pierre des anges : Immense géode de célestine. Cette pierre, d'une transparence dans les tons bleu ciel, permet au grand sage de communiquer avec les êtres appartenant à la cinquième dimension. Lorsqu'un duel des apprentis débute, ce lieu se transforme et fait place à un environnement hostile pour mettre à l'épreuve les concurrents qui s'y affronteront.

Réincarnation : Croyance selon laquelle l'âme prend un nouveau corps au moment de la mort pour expérimenter une nouvelle vie.

Rêve prémonitoire : Capacité de voir par le rêve un événement du futur.

Quatrième dimension : Augmentation importante de la fréquence énergétique d'un lieu précis. Les plantes et végétaux qui s'y trouvent présentent un aspect plus lumineux. La cité d'Éloan en fait partie.

Quentin : Pierre rose qui augmente la fréquence énergétique de celui qui la possède. Le Zéphir en est constitué.

Santérium : Centre de guérison.

Septin : Prisme de forme octaédrique formé de sept morceaux de quentin, qui permet le voyage dans le temps.

Télékinésie : Phénomène paranormal qui consiste à déplacer des objets par le simple pouvoir de la pensée.

Télépathie : Capacité de communiquer par la pensée avec quelqu'un qui se trouve à distance.

Téléportation : Faculté de se déplacer d'un endroit à l'autre par un transport de la matière à travers l'espace.

Voyage astral : Voyage du corps énergétique qui se détache du corps physique pour explorer l'espace environnant.

Zéphir : Pyramide située sur la place centrale de la cité d'Éloan. Entièrement composée de quentin, elle mesure environ deux mètres de haut sur deux mètres de large. Le pont de lumière créé par le Zéphir permet l'accès à la cinquième dimension.

Remerciements

Je ne peux passer sous silence le nom des nombreuses personnes qui ont été à mes côtés pendant l'écriture de cette série et que j'ai le bonheur de côtoyer dans mon quotidien. Mes remerciements les plus profonds vont à ma famille qui me prodigue chaque jour amour, soutien et encouragement. Je suis choyée d'être si bien entourée…

Lise et Marcel, merci de m'offrir votre soutien indéfectible et votre amour inconditionnel.

Éric, merci de partager ma vie et chaque moment de cette incroyable aventure.

Jessica, tu es une sœur et une amie extraordinaire, sois certaine que tes conseils sont toujours très appréciés.

Lora, Amélie et Audréanne, merci de partager mon quotidien. Vous êtes ma joie de vivre et je vous adore !

Je suis reconnaissante envers tous ceux qui ont lu les premières versions de ce roman et qui ont bien voulu me donner leurs opinions et conseils. Je pense à Éric, à Lora, à Lise, à Jessica et à Marianne. Vos commentaires sont très précieux et je vous en remercie.

Ma gratitude va également à Carl Pelletier… La couverture du tome 3 est une fois de plus époustouflante !

J'ai la chance de travailler avec des personnes passionnées et dynamiques. Leur enthousiasme et leur soutien me poussent à donner le meilleur de moi-même. Un merci tout particulier à Chloé, ma directrice littéraire, pour ses conseils avisés, ainsi qu'à toute l'équipe des Éditions de Mortagne, qui croit en moi depuis plusieurs années. Merci également aux représentants et aux libraires, qui contribuent à faire découvrir *Le Cercle d'Éloan* aux quatre coins de la province.

Pour terminer, j'aimerais remercier du fond du cœur les bibliothécaires, enseignants, élèves,

Remerciements

parents, journalistes, amis et fidèles lecteurs. Vos mots d'encouragement me vont droit au cœur.

Les lieux dans la série *Le Cercle d'Éloan*, tels que le camping, le restaurant, la chapelle et la boutique – qui se situent sur des îles fictives –, sont inspirés d'endroits réels. Bien qu'ils aient été rebaptisés pour servir l'intrigue, ils font tous partie de Saint-Jean-Port-Joli, un magnifique village de la Côte-du-Sud qui se situe en bordure du fleuve Saint-Laurent. Le camping de La Demi-Lieue, La Roche à Veillon et son théâtre d'été, le Club de golf Trois-Saumons, les parcs, les musées, les sculptures sur bois et, surtout, le panorama grandiose ne sont que quelques attraits qui m'incitent à un retour aux sources en ces lieux, année après année.

Pour en savoir plus sur *Le Cercle d'Éloan*
et sur son auteure, consultez le site Internet

www.lecercledeloan.com

ou la page Facebook

Le Cercle d'Éloan.

De la même auteure
Tome 1

Carolyn Chouinard

Le Cercle d'Éloan
La légende oubliée

ÉDITIONS DE MORTAGNE

De la même auteure
Tome 2

Carolyn Chouinard

Le Cercle d'Éloan
Le duel des apprentis

ÉDITIONS DE MORTAGNE

Dans la même collection

Plongez dans l'univers merveilleux du

Royaume de Lénacie

Marguerite est une adolescente qui mène une vie bien tranquille jusqu'à son quatorzième anniversaire. À partir de ce jour, elle ressent l'appel irrésistible de la mer, au point d'inciter toute sa famille à prendre la direction des côtes américaines. Tout juste arrivée, Marguerite rencontre un homme mystérieux qui lui apprendra qu'elle est en fait une syrmain, une sirène ayant la capacité de vivre aussi bien sur la terre que dans l'eau !

La jeune fille ira de surprise en surprise dans sa découverte du royaume de Lénacie, l'univers sous-marin où elle est née. Elle y fera la connaissance de sa mère biologique et de son jumeau Hosh, tous deux membres de la famille royale. Suivez ses aventures dans les quatre tomes de la série qui sont maintenant disponibles.

Priska Poirier

Le royaume de
Lénacie

Les épreuves
d'Alek

Éditions de Mortagne

Dans la même collection

Priska Poirier

Le royaume de
Lénacie
Vague de
perturbations

ÉDITIONS DE MORTAGNE

Priska Poirier

Le royaume de
Lénacie

Complots
et bravoure

ÉDITIONS DE MORTAGNE

Dans la même collection

Priska Poirier

Le royaume de
Lénacie

Sacrifice
déchirant

ÉDITIONS DE MORTAGNE

Tu es un *nerd* ? Tu voudrais remédier à la situation ?
Ne cherche pas plus loin !
LA REVANCHE DU MYOPE
renferme la recette miracle pour y parvenir.

Dans la même collection

LE MYOPE
CONTRE-ATTAQUE

MARQUIS

Marquis imprimeur inc.

Québec, Canada
2012

100%

Imprimé sur du papier 100 % recyclé